U0071984

檸檬樹出版

檸檬樹出版

動感日語50音

背景音樂介紹

音樂名稱

Spider House

音樂風格

大腦聽了，變聰明；
雙腳聽了，打拍子；
耳朵聽了，還想聽；
眼睛聽了，亮起來；
嘴巴聽了，來段**Rap**！

Music Japanese

☆CONTENTS☆

第11字 さ サ 060	第12字 し シ 064	第13字 す ス 068	第14字 せ セ 072	第15字 そ ソ 076
第16字 た タ 080	第17字 ち チ 084	第18字 つ ツ 088	第19字 て テ 092	第20字 と ト 096
第21字 な ナ 100	第22字 に ニ 104	第23字 ぬ ヌ 108	第24字 ね ネ 112	第25字 の ノ 116
第26字 は ハ 120	第27字 ひ ヒ 124	第28字 ふ フ 128	第29字 へ ヘ 132	第30字 ほ ホ 136
第31字 ま マ 140	第32字 み ミ 144	第33字 む ム 148	第34字 め メ 152	第35字 も モ 156
第36字 や ヤ 160	第37字 い 與第2字相同	第38字 ゆ ユ 164	第39字 え 與第4字相同	第40字 よ ヨ 168
第41字 ら ラ 172	第42字 り リ 176	第43字 る ル 180	第44字 れ レ 184	第45字 ろ ロ 188
第46字 わ ワ 192	第47字 い 與第2字相同	第48字 う 與第3字相同	第49字 え 與第4字相同	第50字 を ヲ 196
第51字 ん ン 200				

用聽的學日語50音

PART 1

30 秒口訣歌謠①～⑩

★30秒口訣歌謠★

あいうえお ①

MP3-01

★背景音樂：Spider House
★學習內容：第1字 あ ～ 第5字 お
★學習次數：唸2次

預備

1拍　2拍　3拍　4拍　四拍前奏

Go！開始

	假名〔羅馬拼音〕	記憶口訣	速翻
第 1 字	あ〔a〕	➡ 阿里山的阿	P020
第 2 字	い〔i〕	➡ 醫生的醫	P024
第 3 字	う〔u〕	➡ 烏鴉的烏	P028
第 4 字	え〔e〕	➡ AB的A	P032
第 5 字	お〔o〕	➡ 歐洲的歐	P036

從頭來！再聽一次！

★30秒口訣歌謠★

かきくけこ②

MP3-02

★背景音樂：Spider House
★學習內容：第6字か～第10字こ
★學習次數：唸2次

預備

1拍　2拍　3拍　4拍　四拍前奏

Go！開始

	假名〔羅馬拼音〕	★記憶口訣★	速翻
第6字	か〔ka〕	➡咖啡的咖	P040
第7字	き〔ki〕	➡Key-in的Key	P044
第8字	く〔ku〕	➡愛哭鬼的哭	P048
第9字	け〔ke〕	➡K人的K	P052
第10字	こ〔ko〕	➡叩叩叩的叩	P056

從頭來！再聽一次！

★30秒口訣歌謠★

さしすせそ ③

MP3-03

★背景音樂：Spider House
★學習內容：第11字さ～第15字そ
★學習次數：唸2次

預備

1拍　2拍　3拍　4拍　四拍前奏

Go！開始

	假名〔羅馬拼音〕	記憶口訣	速翻
第11字	さ〔sa〕	➡撒哈拉的撒	P060
第12字	し〔shi〕	➡吸管的吸	P064
第13字	す〔su〕	➡蘇東坡的蘇	P068
第14字	せ〔se〕	➡Say Hello的Say	P072
第15字	そ〔so〕	➡蒐集的蒐	P076

從頭來！再聽一次！

★30秒口訣歌謠★

たちつてと ④

MP3-04

★背景音樂：Spider House
★學習內容：第16字 た ～ 第20字 と
★學習次數：唸2次

預備

♪1拍　♪2拍　♪3拍　♪4拍　四拍前奏

Go！開始

	假名〔羅馬拼音〕	★ 記憶口訣 ★	速翻
第16字	た〔ta〕	➡ 榻榻米的榻	P080
第17字	ち〔chi〕	➡ 欺騙的欺	P084
第18字	つ〔tsu〕	➡ 資料的資	P088
第19字	て〔te〕	➡ 天上的天	P092
第20字	と〔to〕	➡ 偷懶的偷	P096

從頭來！再聽一次！

★30秒口訣歌謠★

なにぬねの 5

MP3-05

★背景音樂：Spider House
★學習内容：第21字 な ～ 第25字 の
★學習次數：唸2次

預備

1拍 2拍 3拍 4拍 四拍前奏

Go！開始

	假名〔羅馬拼音〕	★ 記憶口訣 ★	速翻
第21字	な〔na〕	➡ 拿起來的拿	P100
第22字	に〔ni〕	➡ 泥巴的泥	P104
第23字	ぬ〔nu〕	➡ 奴隸的奴	P108
第24字	ね〔ne〕	➡ 喝ㄋㄟㄋㄟ的ㄋㄟ	P112
第25字	の〔no〕	➡ NONO的NO	P116

從頭來！再聽一次！

★30秒口訣歌謠★

はひふへほ ⑥

MP3-06

★背景音樂：Spider House
★學習內容：第26字 は～第30字 ほ
★學習次數：唸2次

預備

1拍　2拍　3拍　4拍　四拍前奏

Go！開始

	假名〔羅馬拼音〕★	記憶口訣 ★	速翻
第26字	は〔ha〕	➡ 哈哈哈 的 哈	P120
第27字	ひ〔hi〕	➡ ㄈㄈㄈ 的 ㄈ	P124
第28字	ふ〔fu〕	➡ 忽然 的 忽	P128
第29字	へ〔he〕	➡ 黑色 的 黑	P132
第30字	ほ〔ho〕	➡ 後面 的 後	P136

從頭來！再聽一次！

★30 秒口訣歌謠★

まみむめも ⑦

MP3-07

★背景音樂：Spider House
★學習內容：第 31 字 ま ～ 第 35 字 も
★學習次數：唸 2 次

預備

1拍 2拍 3拍 4拍 四拍前奏

Go！開始

	假名〔羅馬拼音〕 ★ 記憶口訣 ★	速翻
第31字	ま〔ma〕 ➡ 媽媽 的 媽	P140
第32字	み〔mi〕 ➡ 眯眯眼 的 眯	P144
第33字	む〔mu〕 ➡ 母親 的 母	P148
第34字	め〔me〕 ➡ 阿妹 的 妹	P152
第35字	も〔mo〕 ➡ 某天 的 某	P156

從頭來！再聽一次！

★30秒口訣歌謠★

やいゆえよ 8

MP3-08

★背景音樂：Spider House
★學習內容：第36字 や ～ 第40字 よ
★學習次數：唸2次

預備

1拍　2拍　3拍　4拍　四拍前奏

Go！開始

	假名〔羅馬拼音〕	記憶口訣	速翻
第36字	や〔ya〕	➡鴨子的鴨	P160
第37字	い〔i〕	➡醫生的醫	P164
第38字	ゆ〔yu〕	➡UFO的U	P164
第39字	え〔e〕	➡AB的A	P168
第40字	よ〔yo〕	➡優秀的優	P168

從頭來！再聽一次！

★30 秒口訣歌謠★

らりるれろ 9

MP3-09

★背景音樂：Spider House
★學習內容：第 41 字 ら ～ 第 45 字 ろ
★學習次數：唸 2 次

預備

1拍 2拍 3拍 4拍 四拍前奏

Go！開始

	假名〔羅馬拼音〕	★ 記憶口訣 ★	速翻
第41字	ら〔ra〕	➡ 啦啦隊 的 啦	P172
第42字	り〔ri〕	➡ 力量 的 力	P176
第43字	る〔ru〕	➡ 陸地 的 陸	P180
第44字	れ〔re〕	➡ 勒住 的 勒	P184
第45字	ろ〔ro〕	➡ 哈囉 的 囉	P188

從頭來！再聽一次！

★30 秒口訣歌謠★

わいうえを 10

MP3-10

★背景音樂：Spider House
★學習內容：第 46 字 わ ～ 第 50 字 を
★學習次數：唸 2 次

預備

1拍　2拍　3拍　4拍　四拍前奏

Go！開始

	假名〔羅馬拼音〕	記憶口訣	速翻
第46字	わ〔wa〕	➡ 哇哇叫 的 哇	P192
第47字	い〔i〕	➡ 醫生 的 醫	P196
第48字	う〔u〕	➡ 烏鴉 的 烏	P196
第49字	え〔e〕	➡ A B 的 A	P196
第50字	を〔wo〕	➡ 歐洲 的 歐	P196

鼻音「ん」請見 P200。

用聽的學日語50音

PART 2

聽 東京腔 發音
說 偶像劇 單字
讀 超級像 字形
寫 日本媽媽教的 假名

第1字 あ ★ 相似字 お

★ 相似字一起學

あ お

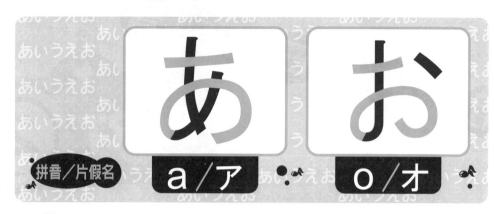

拼音／片假名 a／ア o／オ

1 聽 東京腔發音 MP3-11

あ 的發音〔a〕

相似音：「阿里山」的 阿

東京腔・慢速度・唸3次

あ ▶ あ ▶ あ
〔a〕 〔a〕 〔a〕

お 的發音〔o〕

相似音：「歐洲」的 歐

東京腔・慢速度・唸3次

お ▶ お ▶ お
〔o〕 〔o〕 〔o〕

2 讀 超級像字形

あ和お的〔相似筆畫〕

あ和お的〔筆畫分析〕

3 寫 日本媽媽教的假名

あ 的筆畫

日本媽媽的叮嚀：

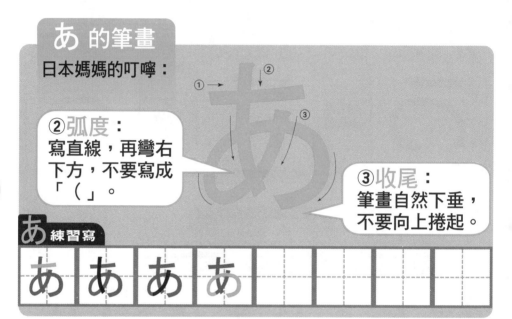

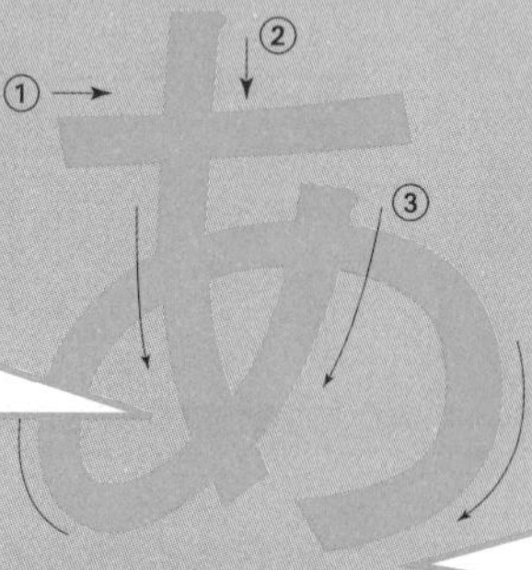

②弧度：
寫直線，再彎右下方，不要寫成「（」。

③收尾：
筆畫自然下垂，不要向上捲起。

あ 練習寫

あ あ あ あ

お 的筆畫

日本媽媽的叮嚀：

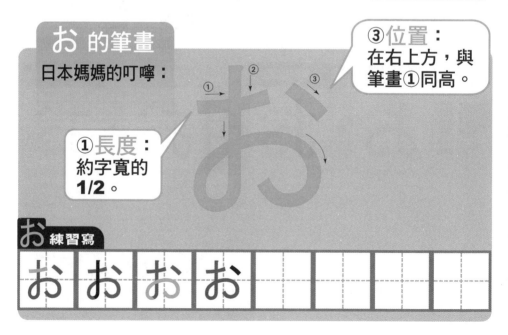

③位置：
在右上方，與筆畫①同高。

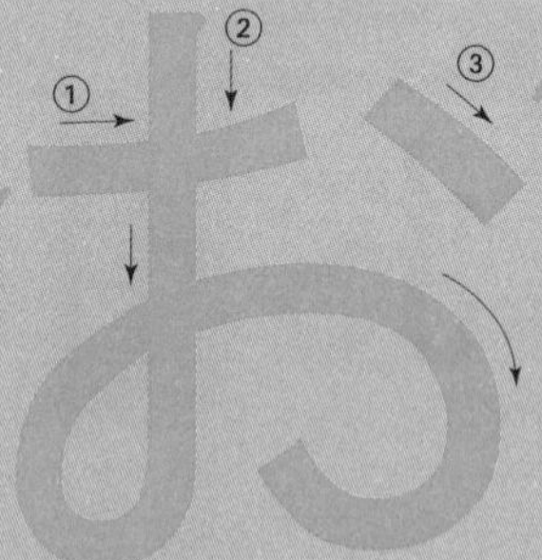

①長度：
約字寬的**1/2**。

お 練習寫

お お お お

4 說 偶像劇單字 MP3-11

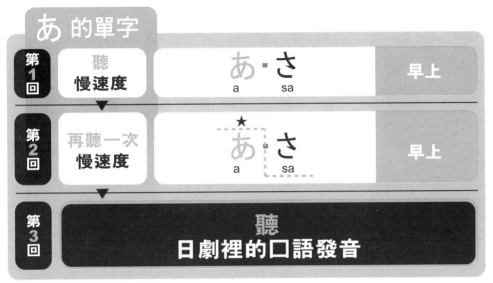

あ 的單字

第1回	聽 慢速度	あ・さ (a sa)	早上
第2回	再聽一次 慢速度	★あ・さ (a sa)	早上
第3回	聽 日劇裡的口語發音		

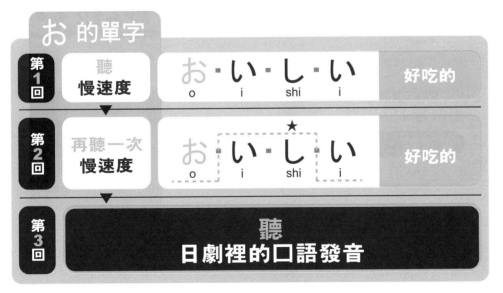

お 的單字

第1回	聽 慢速度	お・い・し・い (o i shi i)	好吃的
第2回	再聽一次 慢速度	お・い・★し・い (o i shi i)	好吃的
第3回	聽 日劇裡的口語發音		

（註）★表示「重音核」，「重音核」後面的假名音調下降。

第 2 字 い ★ 相似字 か

★ 相似字一起學

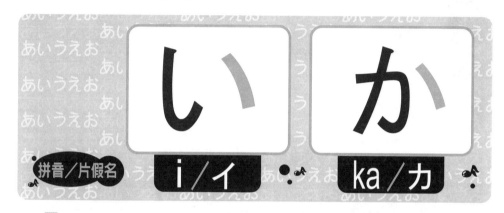

い　か

拼音／片假名　i／イ　ka／カ

1 聽 東京腔發音　MP3-12

い 的發音〔i〕

相似音：「醫生」的 醫

東京腔・慢速度・唸3次　い ▶ い ▶ い
〔i〕　〔i〕　〔i〕

か 的發音〔ka〕

相似音：「咖啡」的 咖

東京腔・慢速度・唸3次　か ▶ か ▶ か
〔ka〕　〔ka〕　〔ka〕

2 讀 超級像字形

い和か的〔相似筆畫〕

丶

い和か的〔筆畫分析〕

い 2個筆畫

筆畫1	筆畫2
い	い

か 3個筆畫

筆畫1	筆畫2	筆畫3
か	か	か

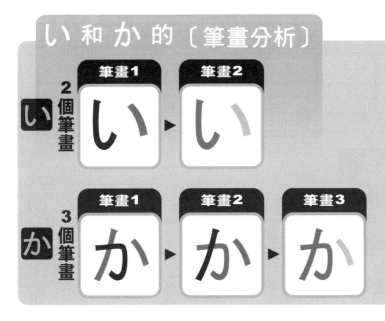

3 寫 日本媽媽教的假名

い 的筆畫

日本媽媽的叮嚀：

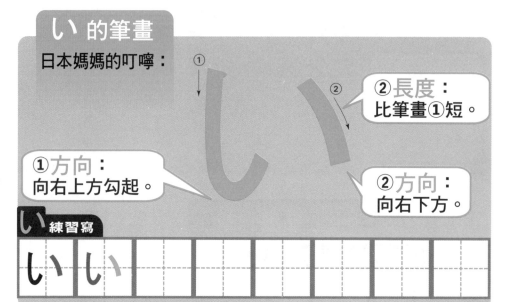

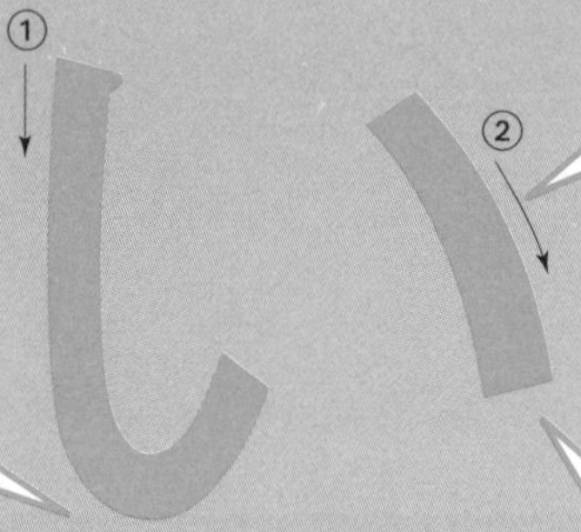
①
②
②長度：
比筆畫①短。
①方向：
向右上方勾起。
②方向：
向右下方。

い 練習寫

い い

か 的筆畫

日本媽媽的叮嚀：

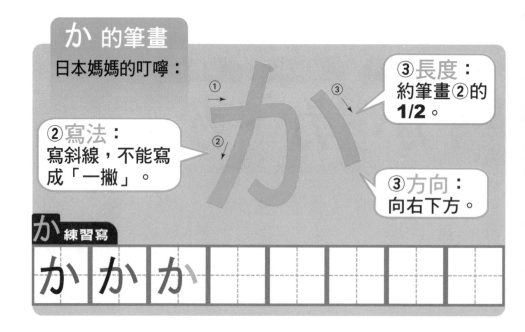

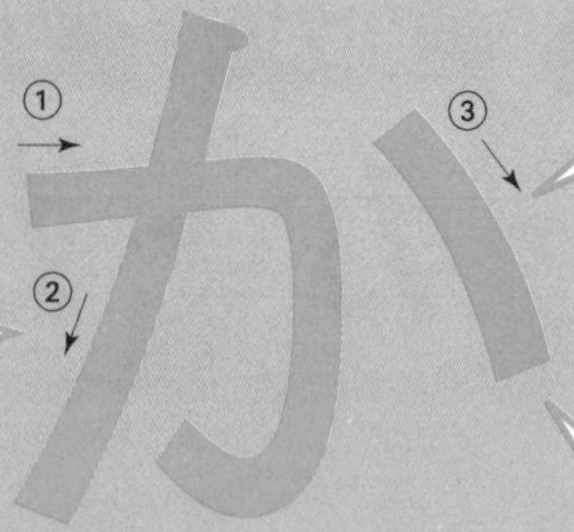
①
②
③
③長度：
約筆畫②的
1/2。
②寫法：
寫斜線，不能寫
成「一撇」。
③方向：
向右下方。

か 練習寫

か か か

4 說 偶像劇單字 MP3-12

い 的單字

第1回	聽 慢速度	い・ち・ば・ん i chi ba n	最好的
第2回	再聽一次 慢速度	い・ち・ば・ん i chi ba n	最好的
第3回	聽 日劇裡的口語發音		

か 的單字

第1回	聽 慢速度	か・さ ka sa	雨傘
第2回	再聽一次 慢速度	★ か・さ ka sa	雨傘
第3回	聽 日劇裡的口語發音		

（註）「ば」（ba）是「は」（ha）的「濁音」。

（註）★表示「重音核」，「重音核」後面的假名音調下降。

第 3 字 う ★ 相似字 つ

★ 相似字一起學

う	つ
拼音／片假名 u／ウ	tsu／ツ

1 聽 東京腔發音 MP3-13

う 的發音〔u〕

相似音：「烏鴉」的 烏

東京腔・慢速度・唸3次

う ▶ う ▶ う
〔u〕 〔u〕 〔u〕

つ 的發音〔tsu〕

相似音：「資料」的 資

東京腔・慢速度・唸3次

つ ▶ つ ▶ つ
〔tsu〕 〔tsu〕 〔tsu〕

2 讀 超級像字形

う和つ的〔相似筆畫〕

つ

う和つ的〔筆畫分析〕

う 2個筆畫

筆畫1	筆畫2
う	う

つ 1個筆畫

筆畫1
つ

3 寫 日本媽媽教的假名

う 的筆畫

日本媽媽的叮嚀：

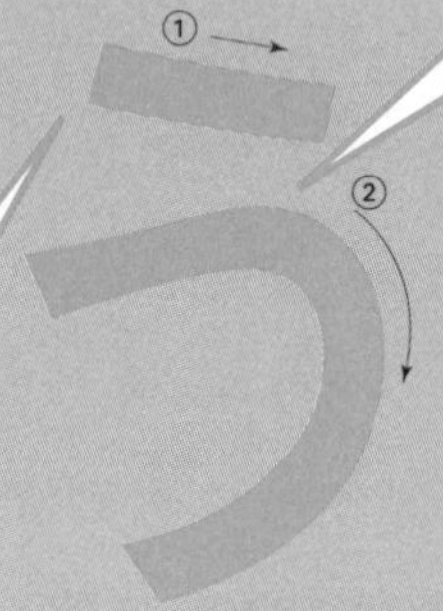

①方向：
向右下方，
寫短斜線。

②寫法：
一開始筆畫較平，
不要寫成「）」。

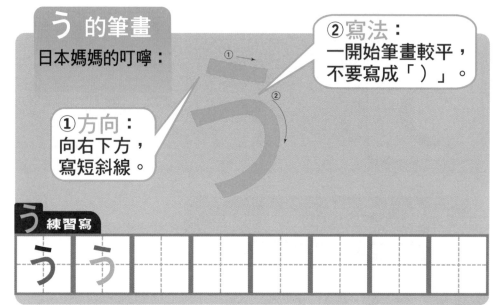

う 練習寫

う　う

つ 的筆畫

日本媽媽的叮嚀：

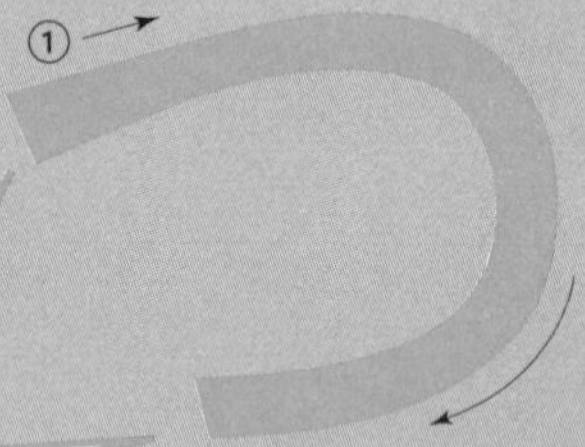

①形狀：
扁平狀，不要
寫成「）」。

①上半部較長。

①下半部較短。

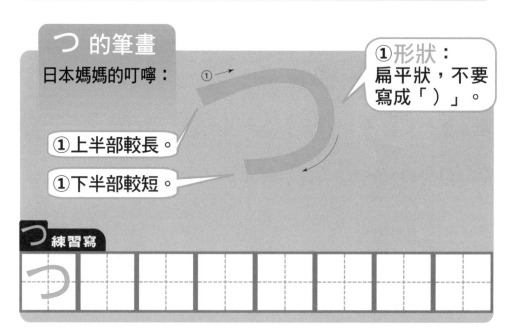

つ 練習寫

つ

4 說 偶像劇單字 MP3-13

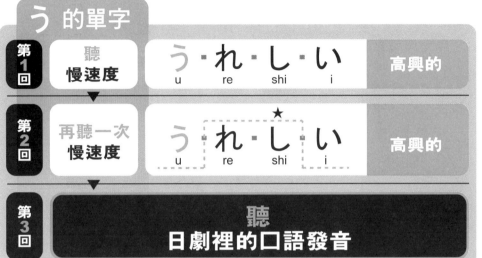

う 的單字

第1回	聽 慢速度	う・れ・し・い (u re shi i)	高興的
第2回	再聽一次 慢速度	う・れ・し★・い (u re shi i)	高興的
第3回	聽 日劇裡的口語發音		

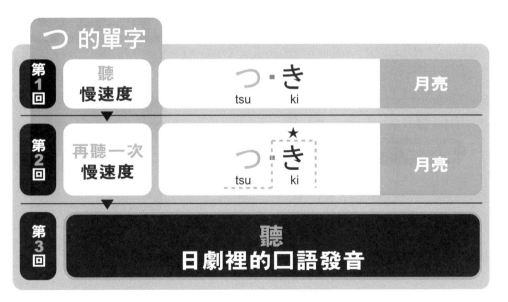

つ 的單字

第1回	聽 慢速度	つ・き (tsu ki)	月亮
第2回	再聽一次 慢速度	つ・き★ (tsu ki)	月亮
第3回	聽 日劇裡的口語發音		

（註）★表示「重音核」，「重音核」後面的假名音調下降。

第 4 字 え ★ 相似字 ん

★ 相似字一起學

え ん

拼音/片假名 e/エ n/ン

1 聽 東京腔發音 MP3-14

え 的發音〔e〕

相似音：「A B」的 A

東京腔・慢速度・唸3次 え ▶ え ▶ え
〔e〕 〔e〕 〔e〕

ん 的發音〔n〕

相似音：「恩惠」的 恩

東京腔・慢速度・唸3次 ん ▶ ん ▶ ん
〔n〕 〔n〕 〔n〕

2 讀 超級像字形

え和ん的〔相似筆畫〕

ん = ノ + ⺄

え和ん的〔筆畫分析〕

え 2個筆畫

筆畫1 え ▶ 筆畫2 え ▶ 接著寫 え ▶ 接著寫 え

ん 1個筆畫

筆畫1 ん ▶ 接著寫 ん

3 寫 日本媽媽教的假名

え 的筆畫

日本媽媽的叮嚀：

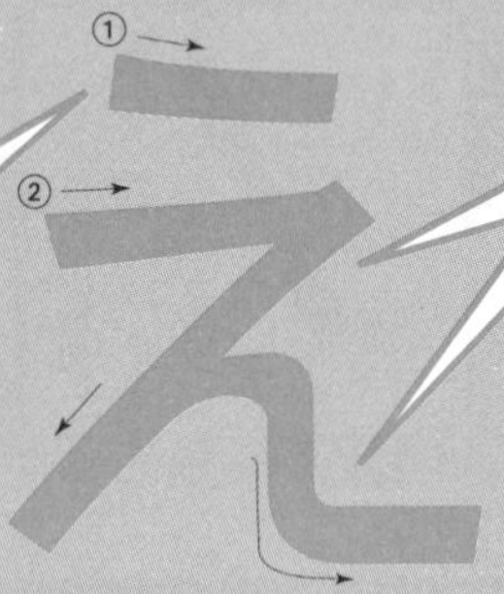

①方向：
向右下方，
寫短斜線。

②寫法：
一筆畫寫完，
不能中斷。

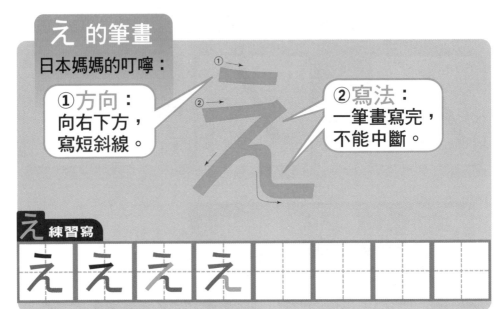

え 練習寫

え え え え

ん 的筆畫

日本媽媽的叮嚀：

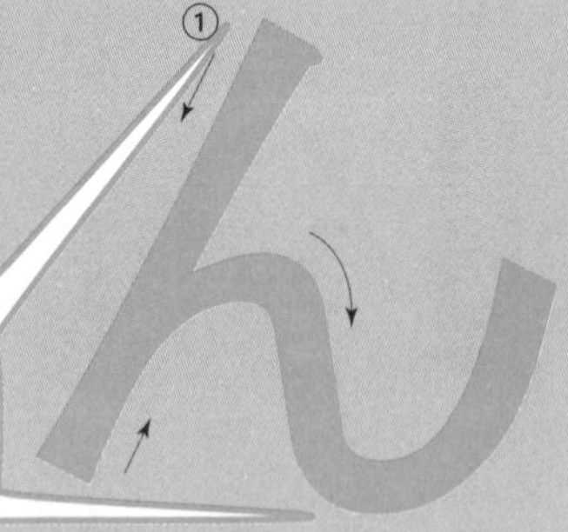

①寫法：
一筆畫寫完，
不能中斷。

①收尾：
在高度**1/2**的
地方停筆。

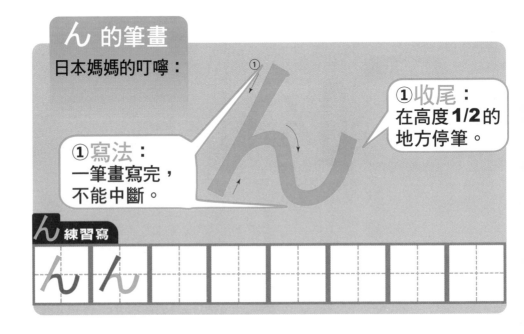

ん 練習寫

ん ん

4 說 偶像劇單字 MP3-14

え 的單字

第1回	聽 慢速度	え・ら・い (e ra i)	眞厲害
第2回	再聽一次 慢速度	え・ら★・い (e ra i)	眞厲害
第3回	聽 日劇裡的口語發音		

ん 的單字

第1回	聽 慢速度	べ・ん・と・う (be n to u)	便當
第2回	再聽一次 慢速度	べ・ん・と★・う (be n to u)	便當
第3回	聽 日劇裡的口語發音		

（註）「べ」（be）是「へ」（he）的「濁音」。
（註）★表示「重音核」，「重音核」後面的假名音調下降。

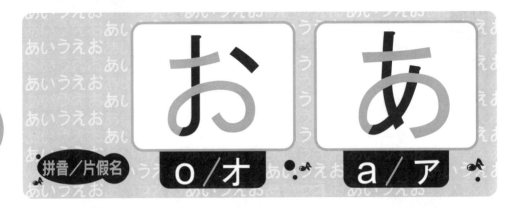

第 5 字 お ★ 相似字 あ

★ 相似字一起學

お	あ
o／オ	a／ア

拼音／片假名

1 聽 東京腔發音 MP3-15

お 的發音〔o〕

相似音：「歐洲」的 歐

東京腔・慢速度・唸3次

お ▸ お ▸ お
〔o〕 〔o〕 〔o〕

あ 的發音〔a〕

相似音：「阿里山」的 阿

東京腔・慢速度・唸3次

あ ▸ あ ▸ あ
〔a〕 〔a〕 〔a〕

2 讀 超級像字形

お和あ的〔相似筆畫〕

お和あ的〔筆畫分析〕

3 寫 日本媽媽教的假名

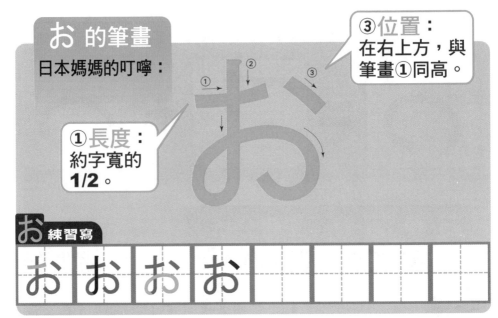

お 的筆畫

日本媽媽的叮嚀：

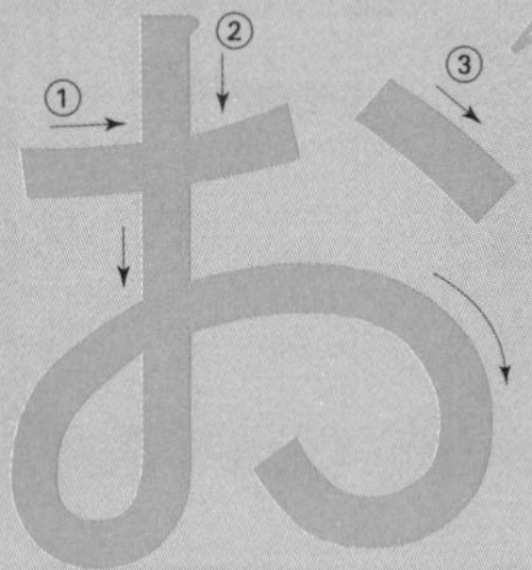

③位置：
在右上方，與筆畫①同高。

①長度：
約字寬的**1/2**。

お 練習寫

お	お	お	お				

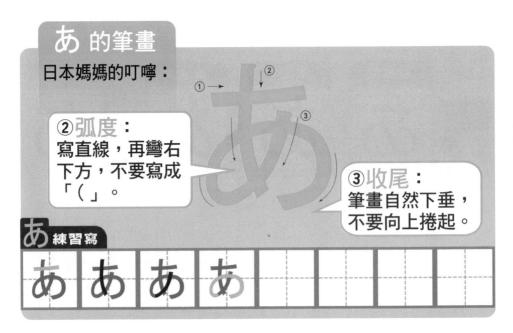

あ 的筆畫

日本媽媽的叮嚀：

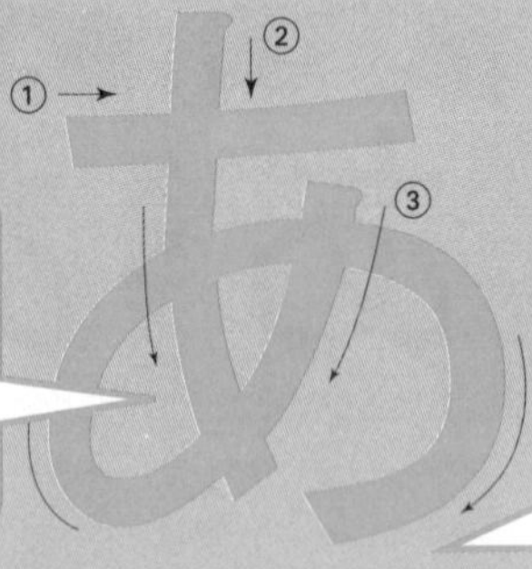

②弧度：
寫直線，再彎右下方，不要寫成「（」。

③收尾：
筆畫自然下垂，不要向上捲起。

あ 練習寫

あ	あ	あ	あ				

4 說 偶像劇單字 MP3-15

お 的單字

第1回	聽 慢速度	お・も・し・ろ・い o mo shi ro i	有趣的
第2回	再聽一次 慢速度	お・も・し・ろ★・い o mo shi ro i	有趣的
第3回	聽 日劇裡的口語發音		

あ 的單字

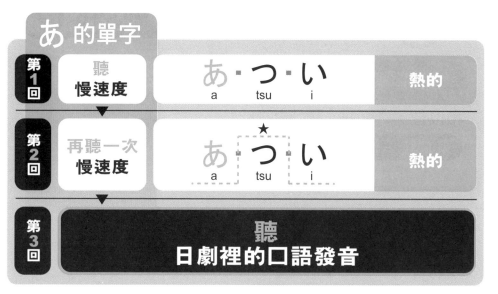

第1回	聽 慢速度	あ・つ・い a tsu i	熱的
第2回	再聽一次 慢速度	あ・つ★・い a tsu i	熱的
第3回	聽 日劇裡的口語發音		

（註）★表示「重音核」，「重音核」後面的假名音調下降。

第 6 字 か ★ 相似字 い

★ 相似字一起學

か	い
ka／カ	i／イ

拼音／片假名

1 聽 東京腔發音 MP3-16

か 的發音〔ka〕

相似音：「咖啡」的 咖

東京腔・慢速度・唸3次

か ▶ か ▶ か
〔ka〕 〔ka〕 〔ka〕

い 的發音〔i〕

相似音：「醫生」的 醫

東京腔・慢速度・唸3次

い ▶ い ▶ い
〔i〕 〔i〕 〔i〕

2 讀 超級像字形

か和い的〔相似筆畫〕

丶

か和い的〔筆畫分析〕

か 3個筆畫

筆畫1	筆畫2	筆畫3
か	か	か

い 2個筆畫

筆畫1	筆畫2
い	い

3 寫 日本媽媽教的假名

か 的筆畫

日本媽媽的叮嚀：

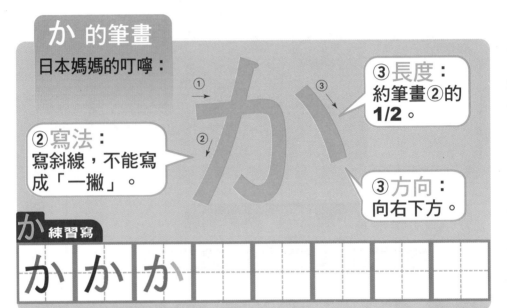

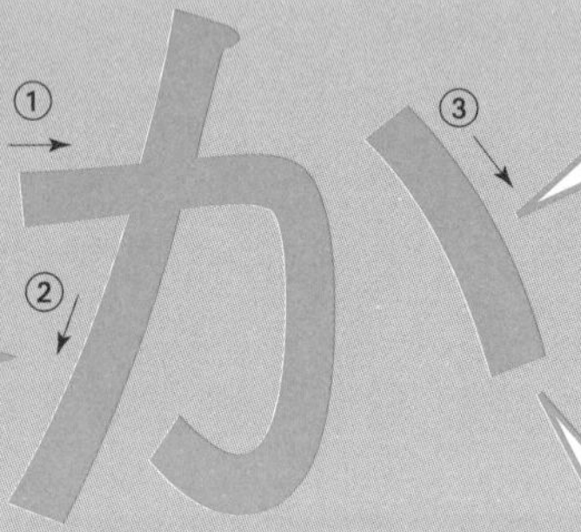
①
②
③
③長度：
約筆畫②的
1/2。
②寫法：
寫斜線，不能寫
成「一撇」。
③方向：
向右下方。

か 練習寫

か	か	か					

い 的筆畫

日本媽媽的叮嚀：

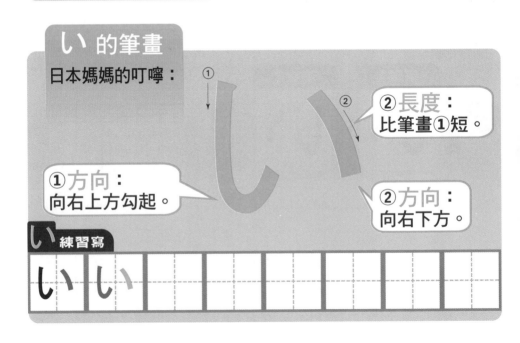

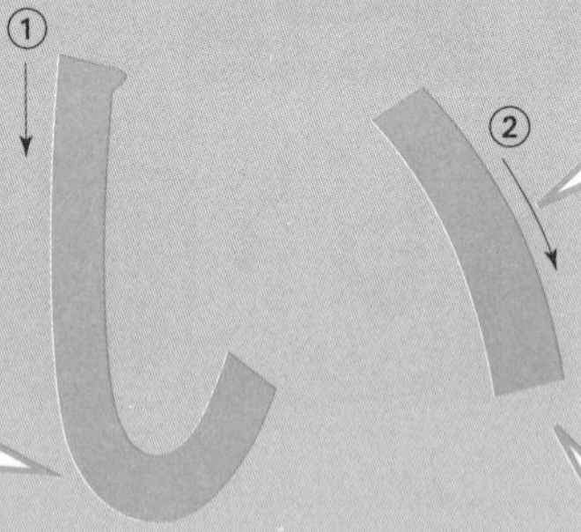
①
②
②長度：
比筆畫①短。
①方向：
向右上方勾起。
②方向：
向右下方。

い 練習寫

い	い						

4 說 偶像劇單字 MP3-16

か 的單字

第1回	聽 慢速度	か・ら・い (ka ra i)	辣的
第2回	再聽一次 慢速度	か・ら★・い (ka ra i)	辣的
第3回	聽 日劇裡的口語發音		

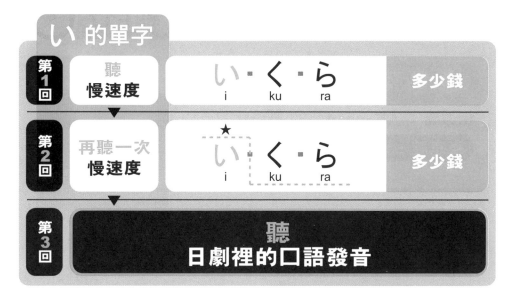

い 的單字

第1回	聽 慢速度	い・く・ら (i ku ra)	多少錢
第2回	再聽一次 慢速度	い★・く・ら (i ku ra)	多少錢
第3回	聽 日劇裡的口語發音		

（註）★表示「重音核」，「重音核」後面的假名音調下降。

第 7 字 き ★ 相似字 さ

★ 相似字一起學

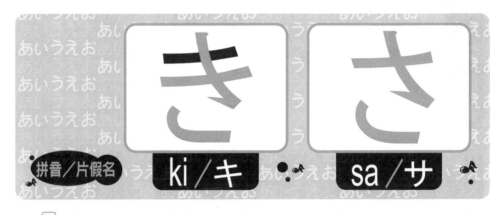

き　さ

拼音/片假名　ki/キ　sa/サ

1 聽 東京腔發音　MP3-17

き 的發音〔ki〕

相似音：「Key-in」的 Key

東京腔・慢速度・唸3次　き ▶ き ▶ き
〔ki〕〔ki〕〔ki〕

さ 的發音〔sa〕

相似音：「撒哈拉」的 撒

東京腔・慢速度・唸3次　さ ▶ さ ▶ さ
〔sa〕〔sa〕〔sa〕

2 讀 超級像字形

き和さ的〔相似筆畫〕

き和さ的〔筆畫分析〕

き 4個筆畫

さ 3個筆畫

3 寫 日本媽媽教的假名

き 的筆畫

日本媽媽的叮嚀：

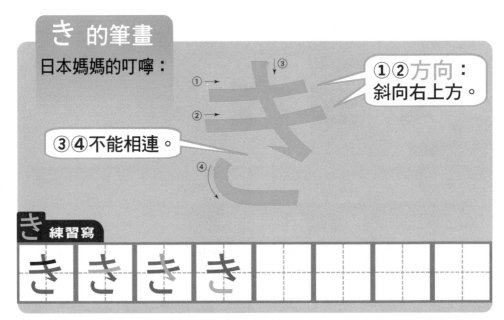

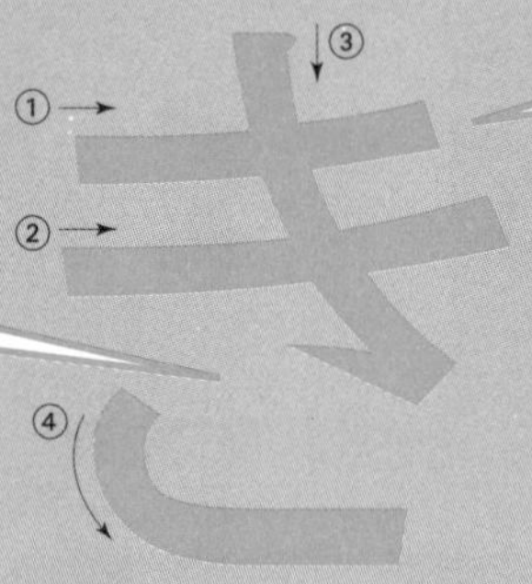
①
②
③
④
①②方向：
斜向右上方。
③④不能相連。

き 練習寫

き き き き

さ 的筆畫

日本媽媽的叮嚀：

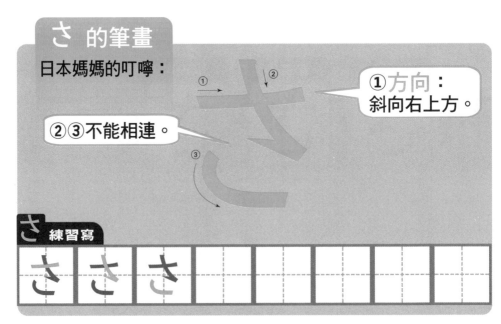

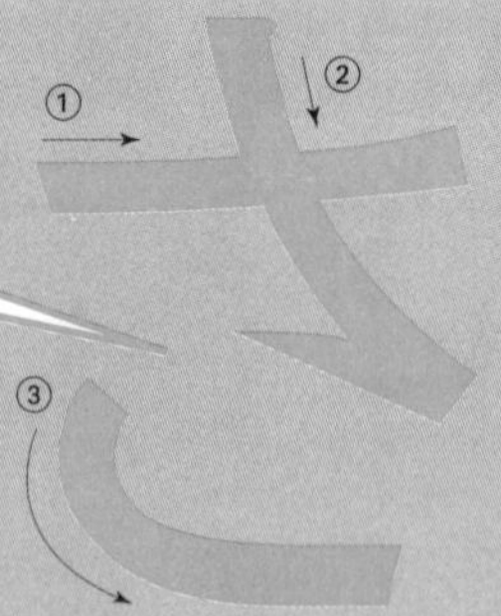
①
②
③
①方向：
斜向右上方。
②③不能相連。

さ 練習寫

さ さ さ

4 說 偶像劇單字 MP3-17

き 的單字

第1回	聽 慢速度	き・も・ち ki mo chi	心情
第2回	再聽一次 慢速度	き・も・ち ki mo chi	心情
第3回	聽 日劇裡的口語發音		

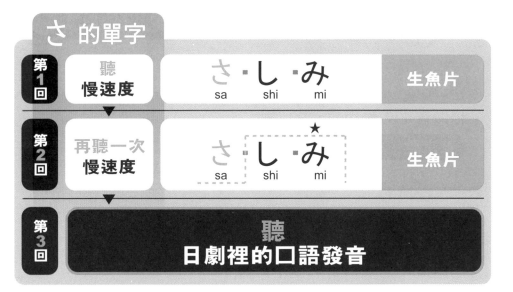

さ 的單字

第1回	聽 慢速度	さ・し・み sa shi mi	生魚片
第2回	再聽一次 慢速度	さ・し・★み sa shi mi	生魚片
第3回	聽 日劇裡的口語發音		

（註）★表示「重音核」，「重音核」後面的假名音調下降。

第8字 く ★ 相似字 へ

相似字一起學

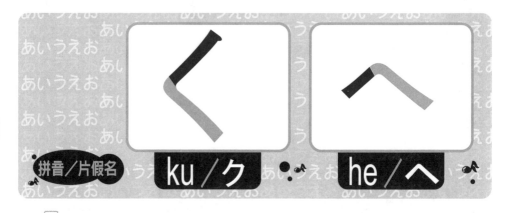

く	へ
ku／ク	he／へ

拼音／片假名

1 聽 東京腔發音 MP3-18

く 的發音〔ku〕

相似音：「愛哭鬼」的 哭

東京腔・慢速度・唸3次

く ▶ く ▶ く
〔ku〕 〔ku〕 〔ku〕

へ 的發音〔he〕

相似音：「黑色」的 黑

東京腔・慢速度・唸3次

へ ▶ へ ▶ へ
〔he〕 〔he〕 〔he〕

2 讀 超級像字形

く和へ的〔相似筆畫〕

く和へ的〔筆畫分析〕

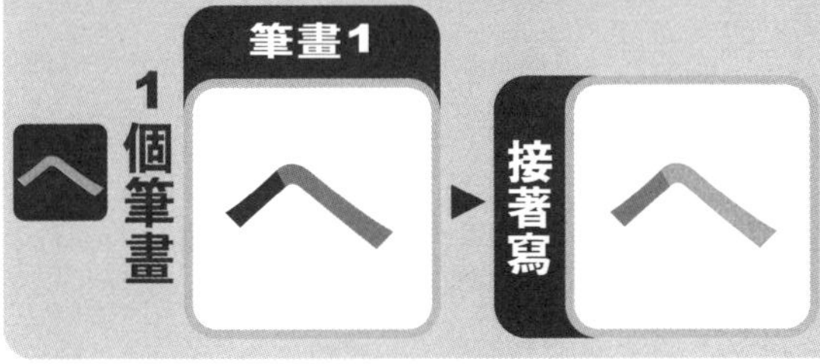

3 寫 日本媽媽教的假名

く 的筆畫

日本媽媽的叮嚀：

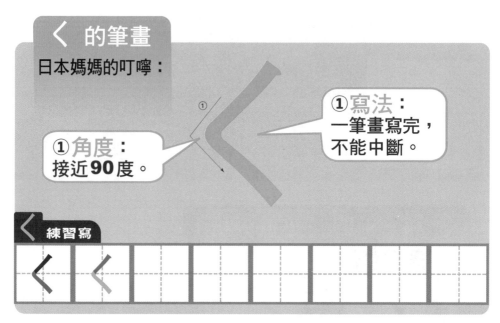

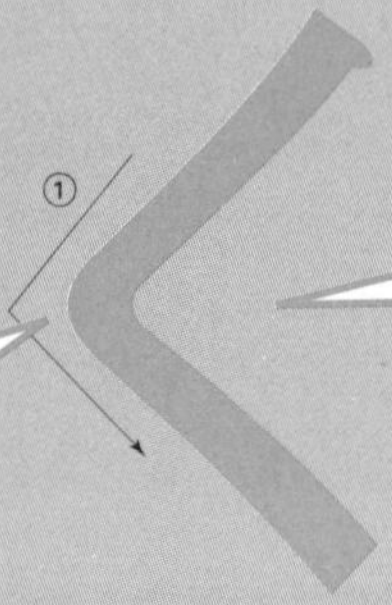

①寫法：
一筆畫寫完，
不能中斷。

①角度：
接近**90**度。

く 練習寫

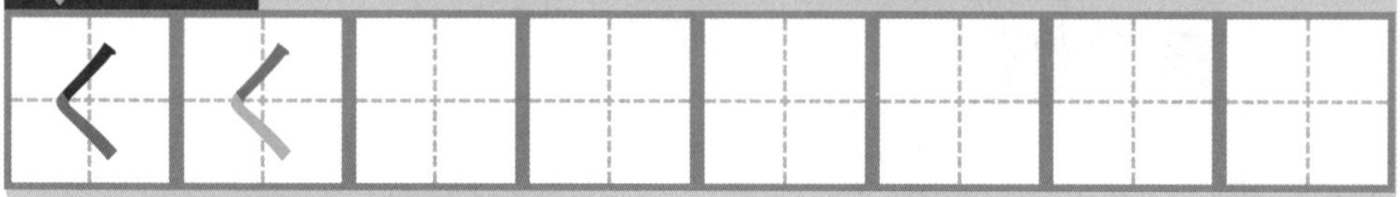

へ 的筆畫

日本媽媽的叮嚀：

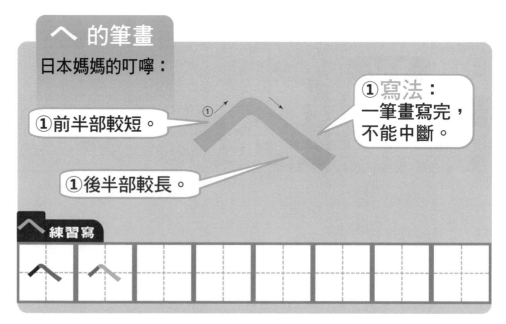

①寫法：
一筆畫寫完，
不能中斷。

①前半部較短。

①後半部較長。

へ 練習寫

4 說 偶像劇單字 MP3-18

く 的單字

第1回	聽 慢速度	く・ち (ku chi)	嘴巴
第2回	再聽一次 慢速度	く・ち (ku chi)	嘴巴
第3回	聽 日劇裡的口語發音		

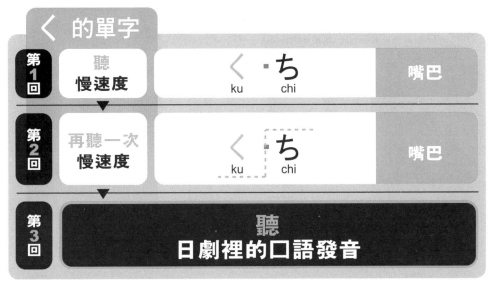

へ 的單字

第1回	聽 慢速度	へ・た (he ta)	不擅長的
第2回	再聽一次 慢速度	へ・た★ (he ta)	不擅長的
第3回	聽 日劇裡的口語發音		

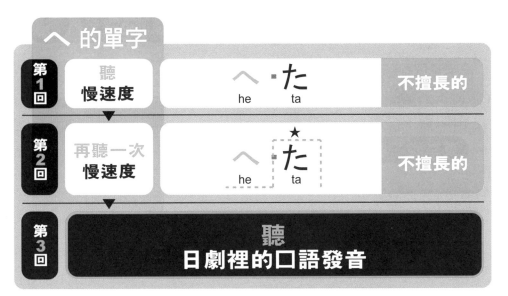

（註）★表示「重音核」，「重音核」後面的假名音調下降。

第 9 字 け ★ 相似字 は

★ 相似字一起學

け	は
ke／ケ	ha／ハ

拼音／片假名

1 聽 東京腔發音 MP3-19

け 的發音〔ke〕

相似音：「K 人」的 K

東京腔・慢速度・唸3次　け ▶ け ▶ け
〔ke〕〔ke〕〔ke〕

は 的發音〔ha〕

相似音：「哈哈哈」的 哈

東京腔・慢速度・唸3次　は ▶ は ▶ は
〔ha〕〔ha〕〔ha〕

2 讀 超級像字形

け和は的〔相似筆畫〕

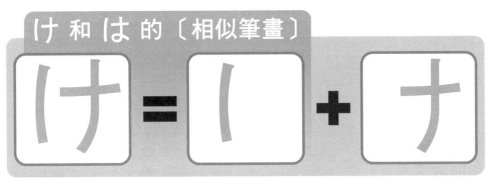

け = l + ナ

け和は的〔筆畫分析〕

	筆畫1		筆畫2		筆畫3		
け 3個筆畫	け	▸	け	▸	け		
は 3個筆畫	は	▸	は	▸	は	▸ 接著寫	は

3 寫 日本媽媽教的假名

け 的筆畫

日本媽媽的叮嚀：

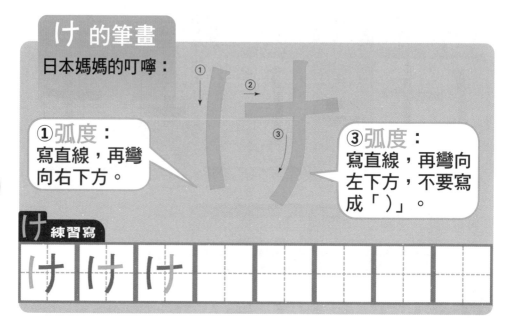

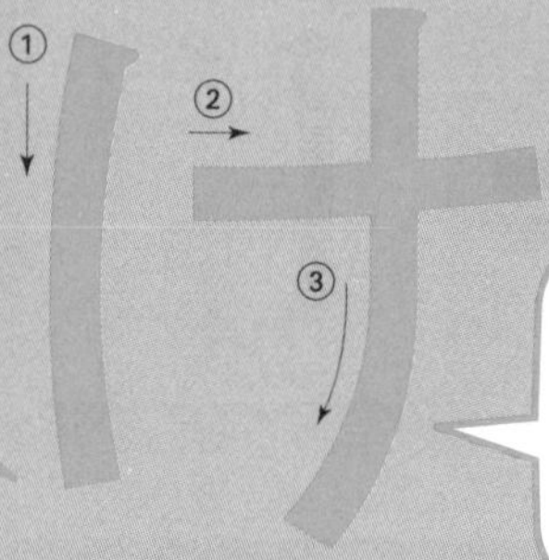

①弧度：寫直線，再彎向右下方。

③弧度：寫直線，再彎向左下方，不要寫成「）」。

け 練習寫

け	け	け					

は 的筆畫

日本媽媽的叮嚀：

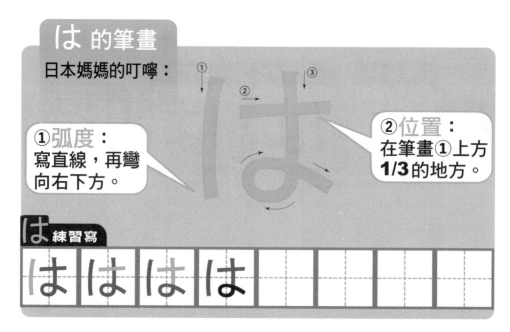

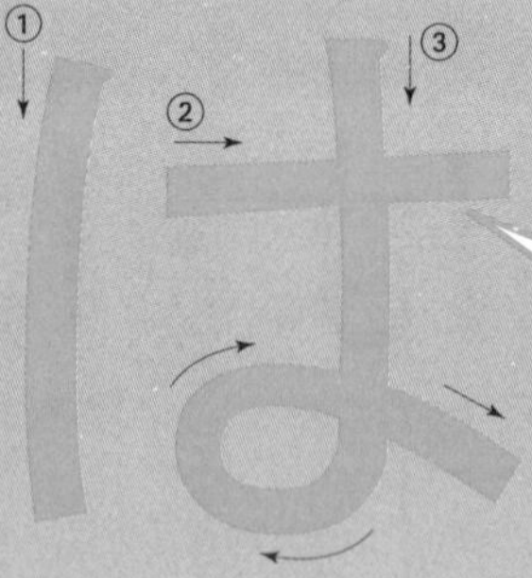

①弧度：寫直線，再彎向右下方。

②位置：在筆畫①上方**1/3**的地方。

は 練習寫

は	は	は	は				

4 說 偶像劇單字 MP3-19

け的單字

第1回	聽 慢速度	け・い・た・い (ke i ta i)	手機
第2回	再聽一次 慢速度	け・い・た・い (ke i ta i)	手機
第3回	聽 日劇裡的口語發音		

は的單字

第1回	聽 慢速度	は・ず・か・し・い (ha zu ka shi i)	丟臉的
第2回	再聽一次 慢速度	は・ず・か・し★・い (ha zu ka shi i)	丟臉的
第3回	聽 日劇裡的口語發音		

（註）「ず」（zu）是「す」（su）的「濁音」。
（註）★表示「重音核」，「重音核」後面的假名音調下降。

第10字 こ ★ 相似字 に

★ 相似字一起學

こ に

拼音／片假名 ko／コ ni／ニ

1 聽 東京腔發音 MP3-20

こ 的發音〔ko〕

相似音：「叩叩叩」的 叩

東京腔・慢速度・唸3次 こ ▶ こ ▶ こ
〔ko〕〔ko〕〔ko〕

に 的發音〔ni〕

相似音：「泥巴」的 泥

東京腔・慢速度・唸3次 に ▶ に ▶ に
〔ni〕〔ni〕〔ni〕

2 讀 超級像字形

こ和に的〔相似筆畫〕

こ和に的〔筆畫分析〕

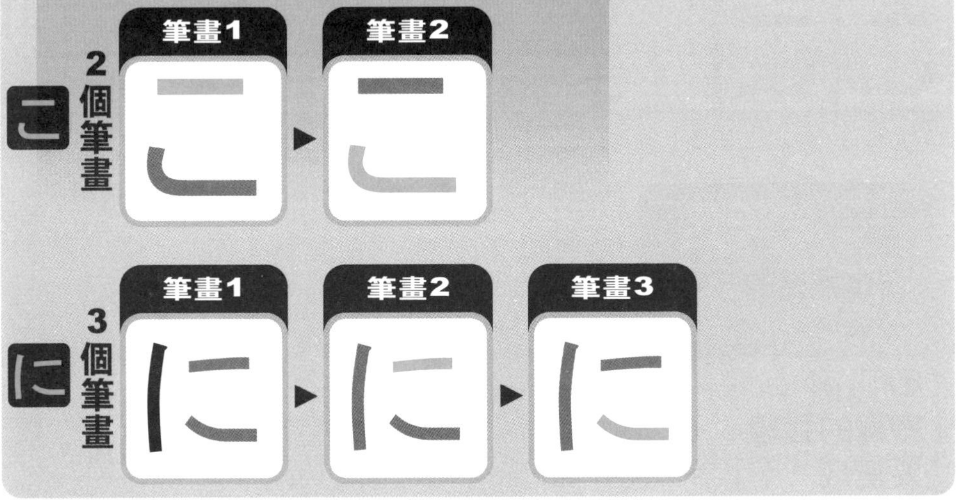

3 寫 日本媽媽教的假名

こ 的筆畫

日本媽媽的叮嚀：

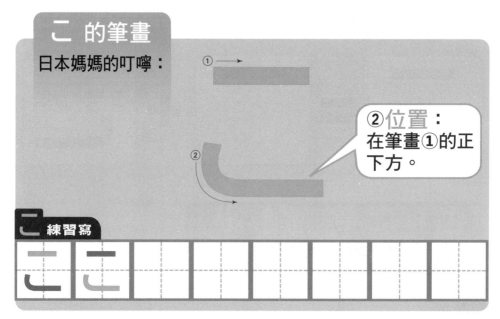

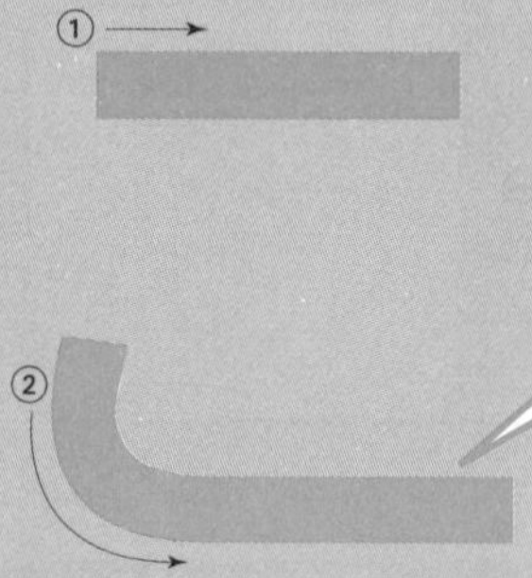

②位置：
在筆畫①的正下方。

こ 練習寫

こ こ

に 的筆畫

日本媽媽的叮嚀：

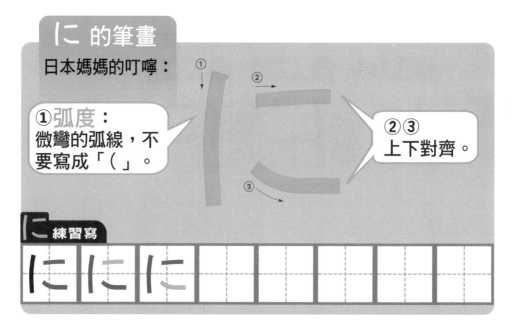

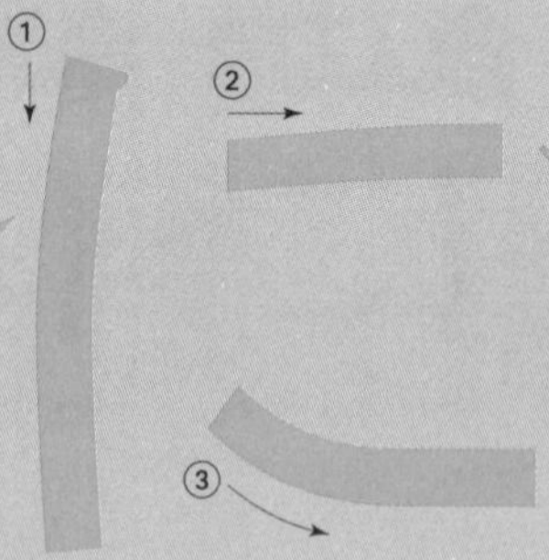

①弧度：
微彎的弧線，不要寫成「（」。

②③
上下對齊。

に 練習寫

に に に

4 說 偶像劇單字 MP3-20

こ 的單字

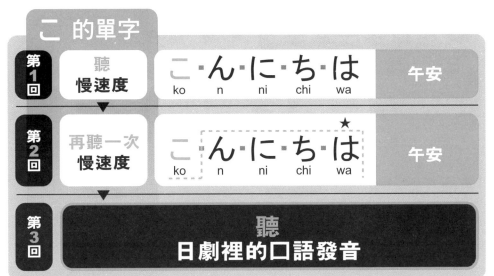

第1回	聽 慢速度	こ・ん・に・ち・は (ko n ni chi wa)	午安
第2回	再聽一次 慢速度	こ・ん・に・ち・は★ (ko n ni chi wa)	午安
第3回	聽 日劇裡的口語發音		

に 的單字

第1回	聽 慢速度	に・ほ・ん・ご (ni ho n go)	日文
第2回	再聽一次 慢速度	に・ほ・ん・ご (ni ho n go)	日文
第3回	聽 日劇裡的口語發音		

（註）「は」一般的發音為「ha」，當助詞時，發音為「wa」。
（註）「ご」（go）是「こ」（ko）的「濁音」。
（註）★表示「重音核」，「重音核」後面的假名音調下降。

第11字 さ ★ 相似字 き

★ 相似字一起學

さ　き

拼音／片假名　sa／サ　ki／キ

1 聽 東京腔發音　MP3-21

さ 的發音〔sa〕

相似音：「撒哈拉」的 撒

東京腔・慢速度・唸3次　さ ▶ さ ▶ さ
〔sa〕〔sa〕〔sa〕

き 的發音〔ki〕

相似音：「Key-in」的 Key

東京腔・慢速度・唸3次　き ▶ き ▶ き
〔ki〕〔ki〕〔ki〕

2 讀 超級像字形

さ和き的〔相似筆畫〕

さ和き的〔筆畫分析〕

さ 3個筆畫

き 4個筆畫

3 寫 日本媽媽教的假名

さ 的筆畫

日本媽媽的叮嚀：

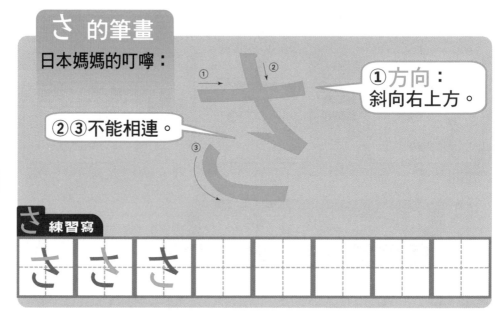

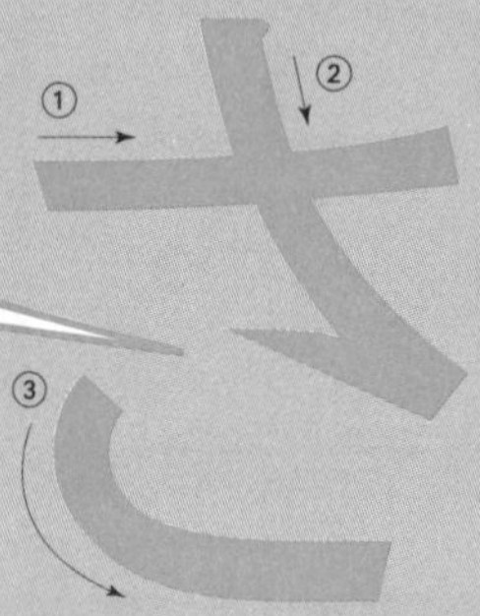
①
②
③
①方向：
斜向右上方。
②③不能相連。

さ 練習寫

さ	さ	さ					

き 的筆畫

日本媽媽的叮嚀：

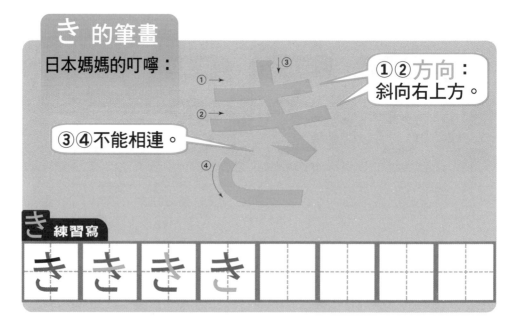

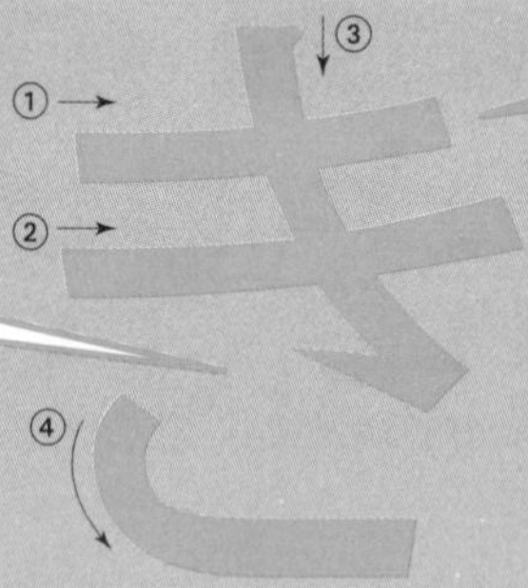
①
②
③
④
①②方向：
斜向右上方。
③④不能相連。

き 練習寫

き	き	き	き				

4 說 偶像劇單字 MP3-21

さ 的單字

第1回	聽 慢速度	さ・け (sa ke)	酒
第2回	再聽一次 慢速度	さ・け (sa ke)	酒
第3回	聽 日劇裡的口語發音		

き 的單字

第1回	聽 慢速度	お・お・き・い (o o ki i)	大的
第2回	再聽一次 慢速度	お・お・き★・い (o o ki i)	大的
第3回	聽 日劇裡的口語發音		

（註）★表示「重音核」，「重音核」後面的假名音調下降。

第12字 し ★ 相似字 も

★ 相似字一起學

し　　も

拼音／片假名　shi／シ　mo／モ

1 聽 東京腔發音 MP3-22

し 的發音〔shi〕

相似音：「吸管」的 吸

東京腔・慢速度・唸3次　し ▶ し ▶ し
〔shi〕〔shi〕〔shi〕

も 的發音〔mo〕

相似音：「某天」的 某

東京腔・慢速度・唸3次　も ▶ も ▶ も
〔mo〕〔mo〕〔mo〕

2 讀 超級像字形

し和も的〔相似筆畫〕

し

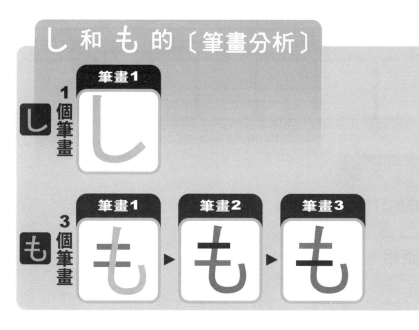

し和も的〔筆畫分析〕

	筆畫1	筆畫2	筆畫3
し 1個筆畫	し		
も 3個筆畫	も	も	も

3 寫 日本媽媽教的假名

し 的筆畫

日本媽媽的叮嚀：

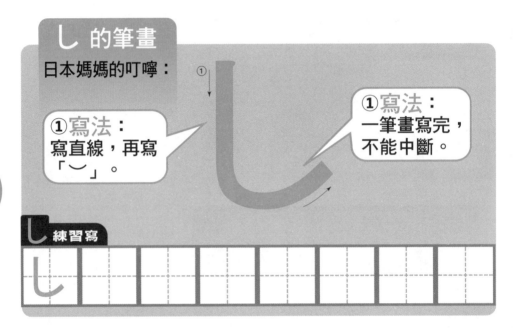

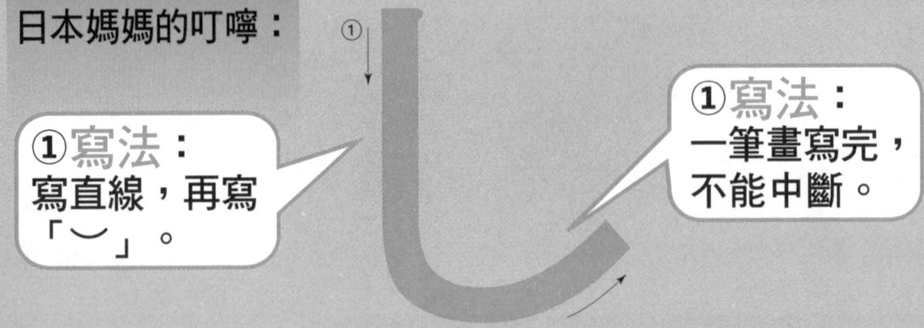
①
①寫法：
寫直線，再寫「︶」。
①寫法：
一筆畫寫完，不能中斷。

し 練習寫

し

も 的筆畫

日本媽媽的叮嚀：

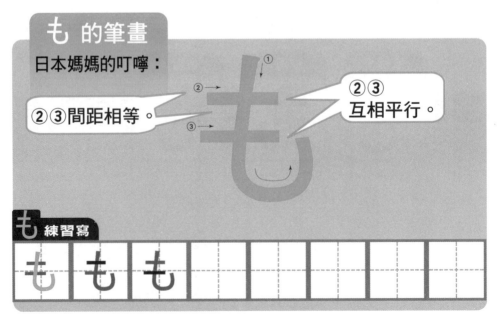

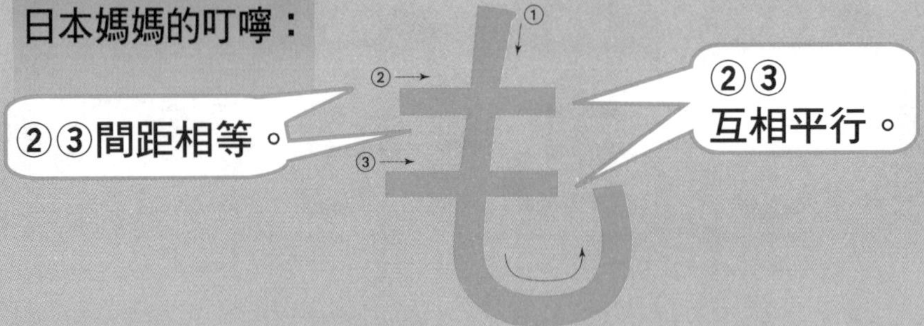
①
②
③
②③間距相等。
②③
互相平行。

も 練習寫

も も も

4 說 偶像劇單字 MP3-22

し 的單字

第1回	聽 慢速度	し・た (shi ta)	下面
第2回	再聽一次 慢速度	し・た (shi ta)	下面
第3回	聽 日劇裡的口語發音		

も 的單字

第1回	聽 慢速度	も・も (mo mo)	桃子
第2回	再聽一次 慢速度	も・も (mo mo)	桃子
第3回	聽 日劇裡的口語發音		

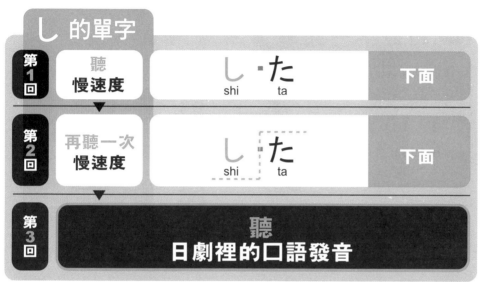

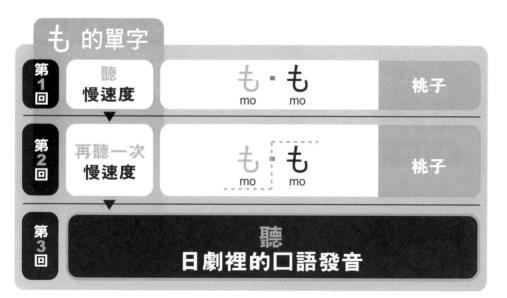

（註）★表示「重音核」，「重音核」後面的假名音調下降。

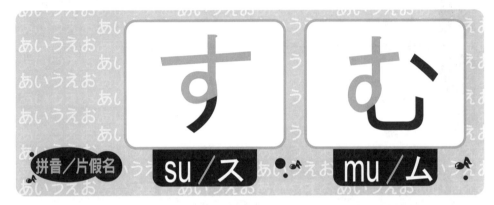

第13字 す ★ 相似字 む

相似字一起學

す	む
su/ス	mu/ム

拼音/片假名

1 聽 東京腔發音 MP3-23

す 的發音〔su〕

相似音：「蘇東坡」的 蘇

東京腔・慢速度・唸3次　す ▸ す ▸ す
〔su〕〔su〕〔su〕

む 的發音〔mu〕

相似音：「母親」的 母

東京腔・慢速度・唸3次　む ▸ む ▸ む
〔mu〕〔mu〕〔mu〕

2 讀 超級像字形

す和む的〔相似筆畫〕

す = 一 + 

す和む的〔筆畫分析〕

す 2個筆畫

む 3個筆畫

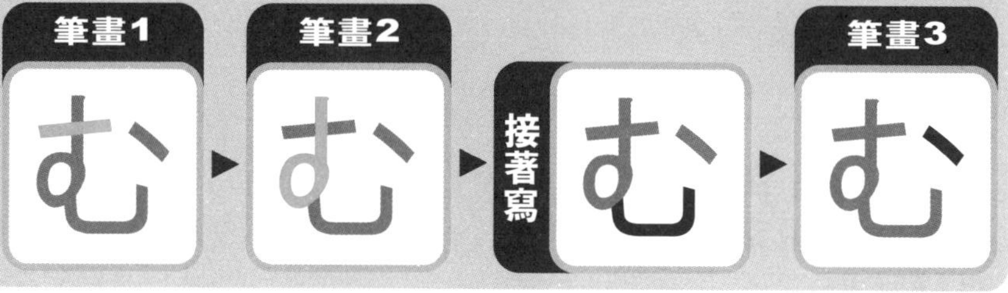

3 寫 日本媽媽教的假名

す 的筆畫

日本媽媽的叮嚀：

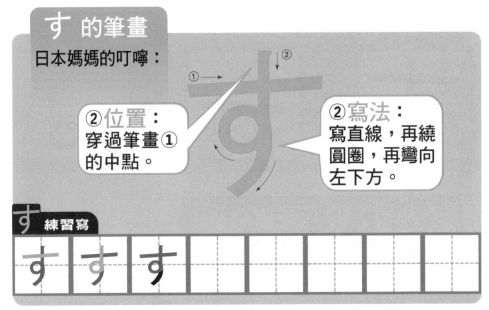

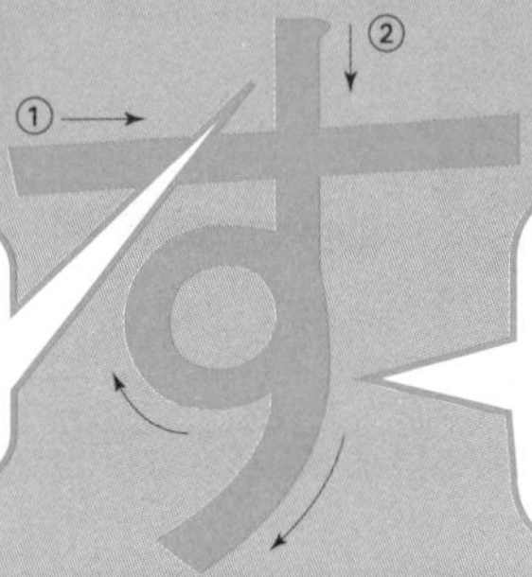

②位置：
穿過筆畫①
的中點。

②寫法：
寫直線，再繞
圓圈，再彎向
左下方。

す 練習寫

す	す	す					

む 的筆畫

日本媽媽的叮嚀：

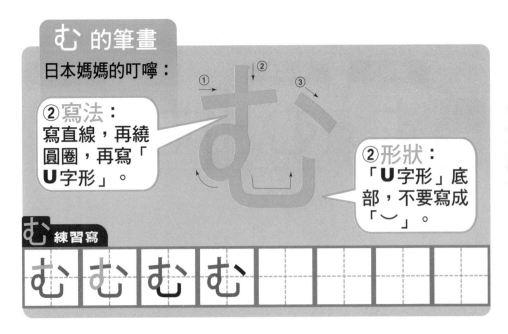

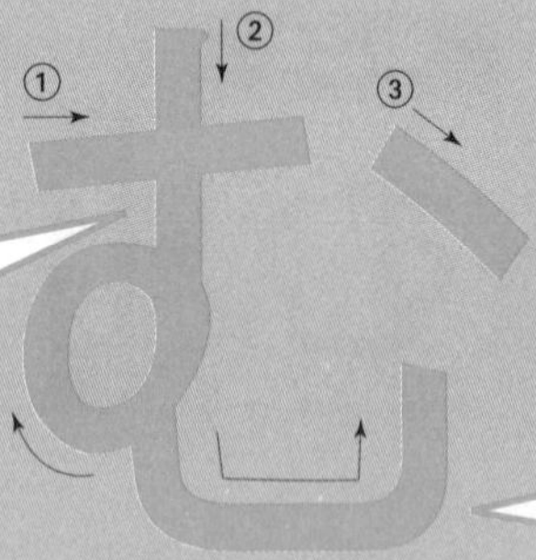

②寫法：
寫直線，再繞
圓圈，再寫「
U字形」。

②形狀：
「U字形」底
部，不要寫成
「︶」。

む 練習寫

む	む	む	む				

4 說 偶像劇單字 MP3-23

す 的單字

第1回	聽 慢速度	す・き (su ki)	喜歡
第2回	再聽一次 慢速度	す・き★ (su ki)	喜歡
第3回	聽 日劇裡的口語發音		

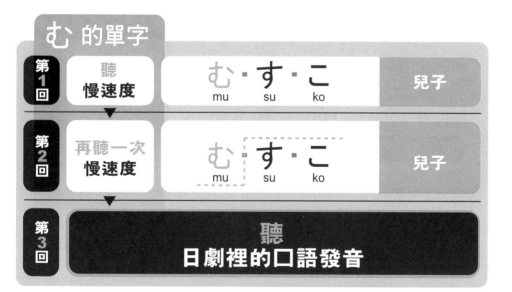

む 的單字

第1回	聽 慢速度	む・す・こ (mu su ko)	兒子
第2回	再聽一次 慢速度	む・す・こ (mu su ko)	兒子
第3回	聽 日劇裡的口語發音		

（註）★表示「重音核」，「重音核」後面的假名音調下降。

第14字 せ ★ 相似字 む

相似字一起學

せ　む

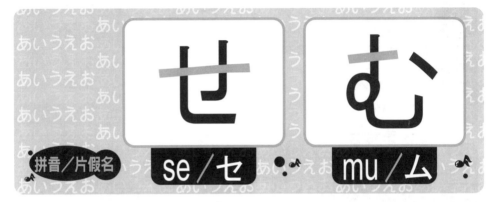

拼音／片假名　se／セ　mu／ム

1 聽 東京腔發音 MP3-24

せ 的發音〔se〕

相似音：「**Say Hello**」的 **Say**

東京腔・慢速度・唸3次　せ ▸ せ ▸ せ
〔se〕〔se〕〔se〕

む 的發音〔mu〕

相似音：「母親」的 母

東京腔・慢速度・唸3次　む ▸ む ▸ む
〔mu〕〔mu〕〔mu〕

2 讀 超級像字形

せ和む的〔相似筆畫〕

一

せ和む的〔筆畫分析〕

	筆畫1	筆畫2		筆畫3
せ 3個筆畫	せ	せ		せ
む 3個筆畫	む	む	接著寫 む	む

3 寫 日本媽媽教的假名

せ 的筆畫

日本媽媽的叮嚀：

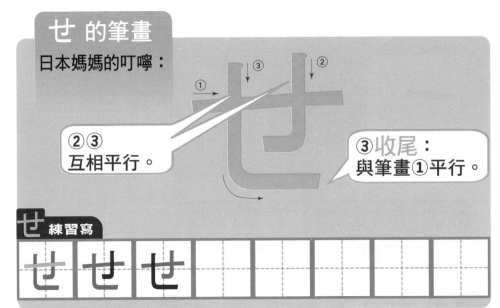

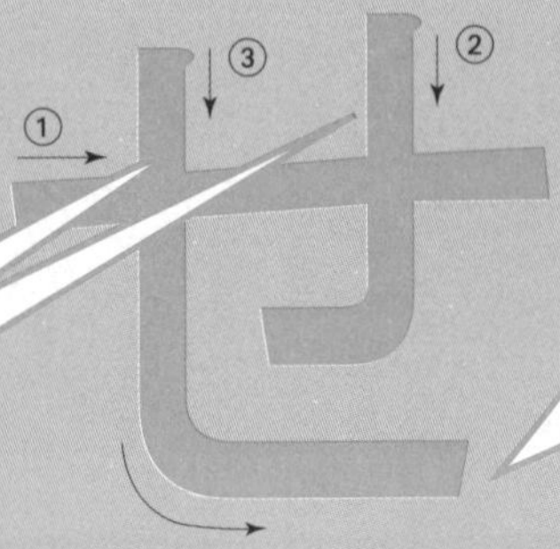

②③
互相平行。

③收尾：
與筆畫①平行。

せ 練習寫

せ	せ	せ					

む 的筆畫

日本媽媽的叮嚀：

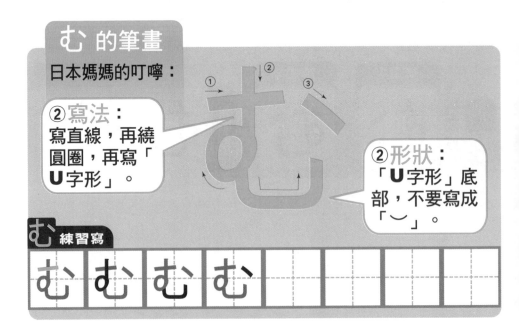

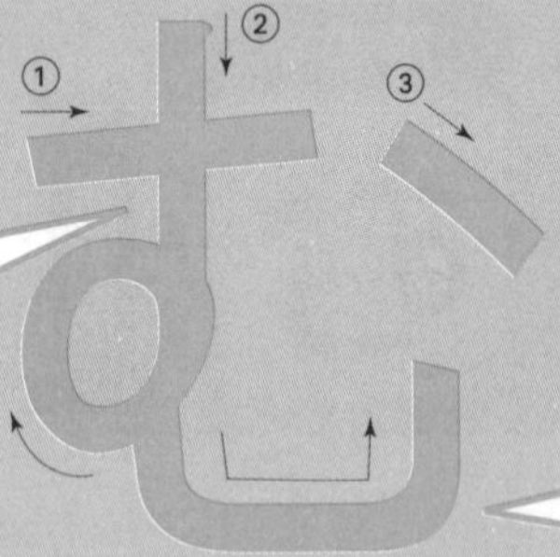

②寫法：
寫直線，再繞圓圈，再寫「U字形」。

②形狀：
「U字形」底部，不要寫成「︶」。

む 練習寫

む	む	む	む				

4 說 偶像劇單字 MP3-24

せ 的單字

第1回	聽 慢速度	せ・ん・せ・い (se n se i)	老師
第2回	再聽一次 慢速度	せ・ん・せ★・い (se n se i)	老師
第3回	聽 日劇裡的口語發音		

む 的單字

第1回	聽 慢速度	む・ず・か・し・い (mu zu ka shi i)	困難的
第2回	再聽一次 慢速度	む・ず・か・し★・い (mu zu ka shi i)	困難的
第3回	聽 日劇裡的口語發音		

（註）「ず」（zu）是「す」（su）的「濁音」。
（註）★表示「重音核」，「重音核」後面的假名音調下降。

第15字 そ ★ 相似字 て

★ 相似字一起學

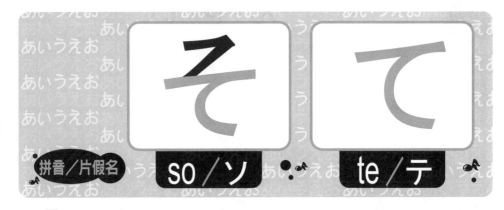

そ	て
so／ソ	te／テ

拼音／片假名

1 聽 東京腔發音 MP3-25

そ 的發音〔so〕

相似音：「蒐集」的 蒐

東京腔・慢速度・唸3次　そ ▸ そ ▸ そ
〔so〕〔so〕〔so〕

て 的發音〔te〕

相似音：「天上」的 天

東京腔・慢速度・唸3次　て ▸ て ▸ て
〔te〕〔te〕〔te〕

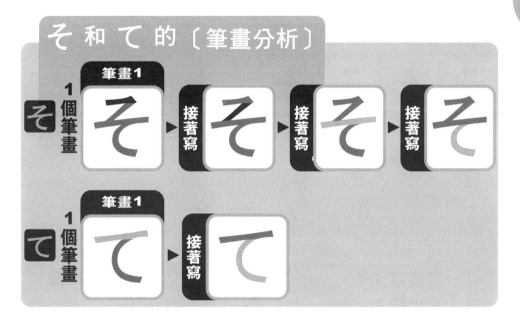

2 讀 超級像字形

そ和て的〔相似筆畫〕

て = 一 + ㇸ

そ和て的〔筆畫分析〕

そ　1個筆畫

筆畫1

そ ▸ 接著寫 そ ▸ 接著寫 そ ▸ 接著寫 そ

て　1個筆畫

筆畫1

て ▸ 接著寫 て

3 寫 日本媽媽教的假名

そ 的筆畫

日本媽媽的叮嚀：

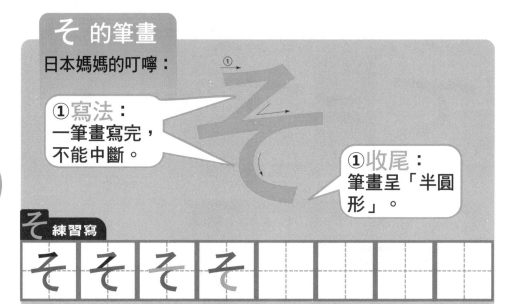

①寫法：
一筆畫寫完，
不能中斷。

①收尾：
筆畫呈「半圓形」。

そ 練習寫

そ そ そ そ

て 的筆畫

日本媽媽的叮嚀：

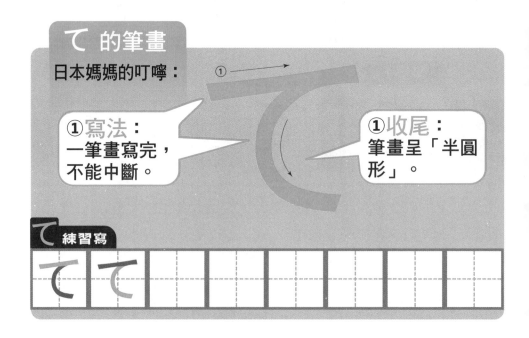

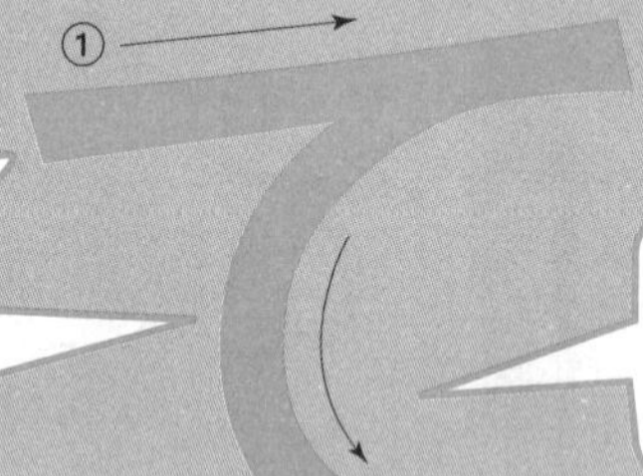

①寫法：
一筆畫寫完，
不能中斷。

①收尾：
筆畫呈「半圓形」。

て 練習寫

て て

4 說 偶像劇單字 MP3-25

そ 的單字

第1回	聽 慢速度	そ・と (so to)	外面
第2回	再聽一次 慢速度	★そ・と (so to)	外面
第3回	聽 日劇裡的口語發音		

て 的單字

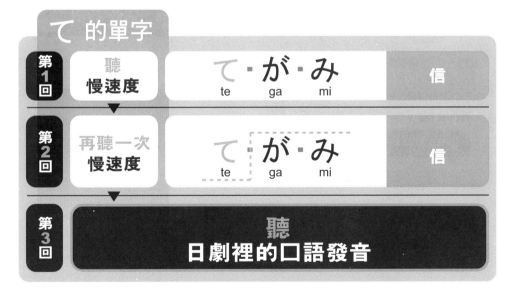

第1回	聽 慢速度	て・が・み (te ga mi)	信
第2回	再聽一次 慢速度	て・が・み (te ga mi)	信
第3回	聽 日劇裡的口語發音		

（註）「が」（ga）是「か」（ka）的「濁音」。
（註）★表示「重音核」，「重音核」後面的假名音調下降。

第16字 た ★ 相似字 な

相似字一起學

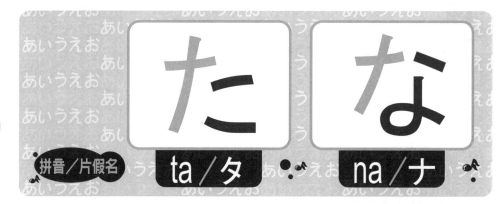

た　な

拼音／片假名
ta／タ　na／ナ

1 聽 東京腔發音　MP3-26

た 的發音〔ta〕

相似音：「榻榻米」的 榻

東京腔・慢速度・唸3次

た ▸ た ▸ た
〔ta〕〔ta〕〔ta〕

な 的發音〔na〕

相似音：「拿起來」的 拿

東京腔・慢速度・唸3次

な ▸ な ▸ な
〔na〕〔na〕〔na〕

2 讀 超級像字形

た和な的〔相似筆畫〕

ナ ＝ 一 ＋ ノ

た和な的〔筆畫分析〕

	筆畫1	筆畫2	筆畫3	筆畫4
た 4個筆畫	た	た	た	た
な 4個筆畫	な	な	な	な

3 寫 日本媽媽教的假名

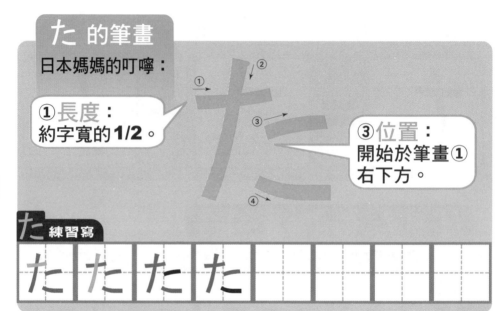

た 的筆畫

日本媽媽的叮嚀：

①長度：
約字寬的**1/2**。

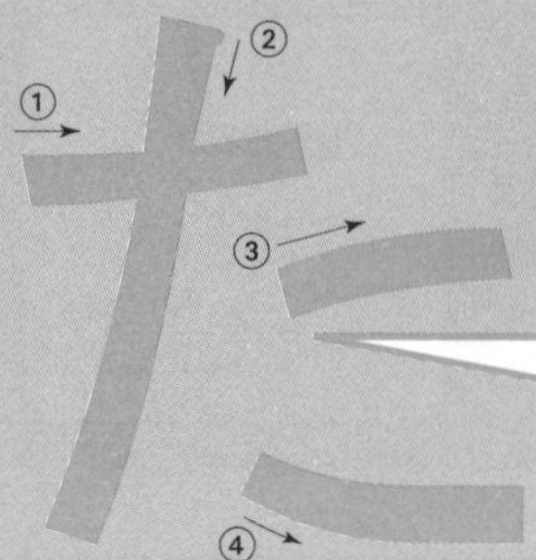

③位置：
開始於筆畫①右下方。

た 練習寫

たたたた

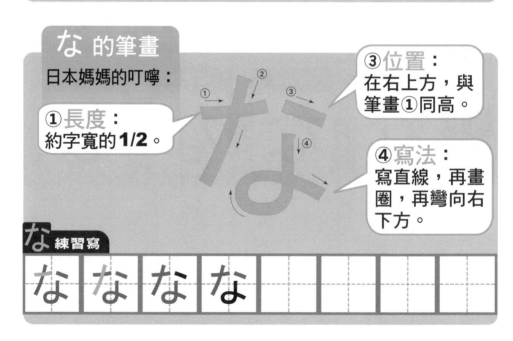

な 的筆畫

日本媽媽的叮嚀：

①長度：
約字寬的**1/2**。

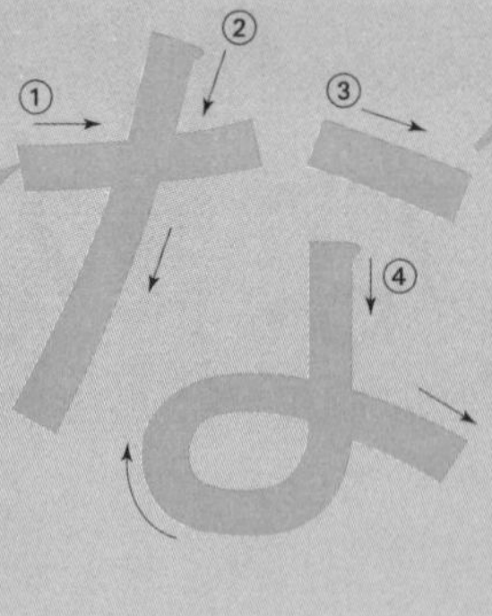

③位置：
在右上方，與筆畫①同高。

④寫法：
寫直線，再畫圈，再彎向右下方。

な 練習寫

なななな

4 說 偶像劇單字 MP3-26

た 的單字

第1回	聽 慢速度	た・か・い (ta ka i)	貴的
第2回	再聽一次 慢速度	た・か★・い (ta ka i)	貴的
第3回	聽 日劇裡的口語發音		

な 的單字

第1回	聽 慢速度	な・が・い (na ga i)	長的
第2回	再聽一次 慢速度	な・が★・い (na ga i)	長的
第3回	聽 日劇裡的口語發音		

（註）「が」（ga）是「か」（ka）的「濁音」。
（註）★表示「重音核」，「重音核」後面的假名音調下降。

第17字 ち ★ 相似字 ら

★ 相似字一起學

ち	ら
chi／チ	ra／ラ

拼音／片假名

1 聽 東京腔發音 MP3-27

ち 的發音〔chi〕

相似音：「欺騙」的 欺

東京腔．慢速度．唸3次 ち ▶ ち ▶ ち
〔chi〕 〔chi〕 〔chi〕

ら 的發音〔ra〕

相似音：「啦啦隊」的 啦

東京腔．慢速度．唸3次 ら ▶ ら ▶ ら
〔ra〕 〔ra〕 〔ra〕

2 讀 超級像字形

ち和ら的〔相似筆畫〕

ち ＝ ノ ＋ っ

ち和ら的〔筆畫分析〕

ち 2個筆畫

筆畫1	筆畫2	接著寫
ち	ち	ち

ら 2個筆畫

筆畫1	筆畫2	接著寫
ら	ら	ら

3 寫 日本媽媽教的假名

ち 的筆畫

日本媽媽的叮嚀：

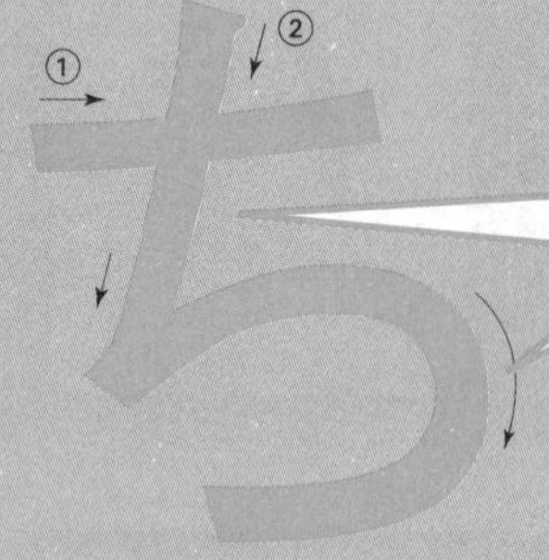

①方向：
斜向右上方。

②寫法：
一筆畫寫完，
不能中斷。

ち 練習寫

ち	ち	ち					

ら 的筆畫

日本媽媽的叮嚀：

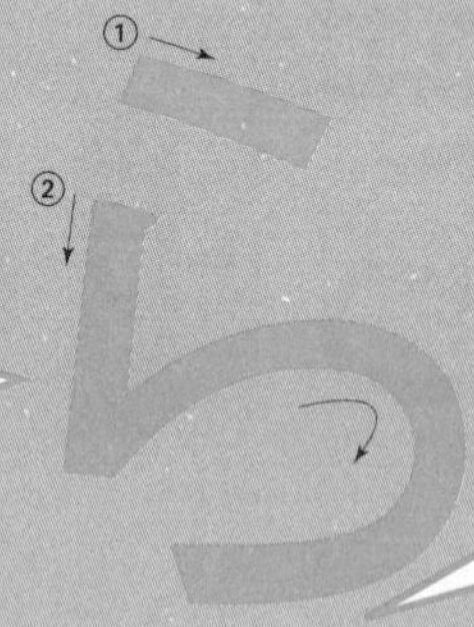

②寫法：
一筆畫寫完，
不能中斷。

②收尾：
筆畫自然下
垂，不要向
上捲起。

ら 練習寫

ら	ら	ら					

4 說 偶像劇單字 MP3-27

ち 的單字

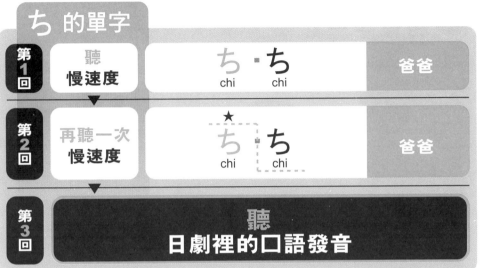

第1回	聽 慢速度	ち・ち (chi chi)	爸爸
第2回	再聽一次 慢速度	★ ち・ち (chi chi)	爸爸
第3回	聽 日劇裡的口語發音		

ら 的單字

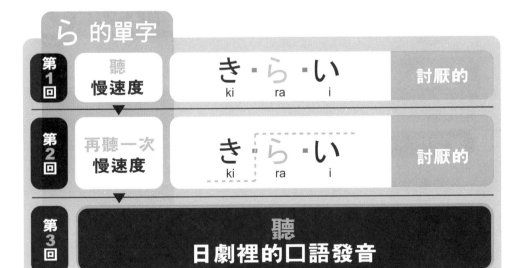

第1回	聽 慢速度	き・ら・い (ki ra i)	討厭的
第2回	再聽一次 慢速度	き・ら・い (ki ra i)	討厭的
第3回	聽 日劇裡的口語發音		

（註）★表示「重音核」，「重音核」後面的假名音調下降。

第18字 つ ★ 相似字 や

★ 相似字一起學

つ	や
拼音／片假名 tsu／ツ	ya／ヤ

1 聽 東京腔發音 MP3-28

つ 的發音〔tsu〕

相似音：「資料」的 資

東京腔・慢速度・唸3次 つ ▶ つ ▶ つ
〔tsu〕 〔tsu〕 〔tsu〕

や 的發音〔ya〕

相似音：「鴨子」的 鴨

東京腔・慢速度・唸3次 や ▶ や ▶ や
〔ya〕 〔ya〕 〔ya〕

2 讀 超級像字形

つ和や的〔相似筆畫〕

つ

つ和や的〔筆畫分析〕

つ 1個筆畫

筆畫1
つ

や 3個筆畫

筆畫1		筆畫2		筆畫3
や	▶	や	▶	や

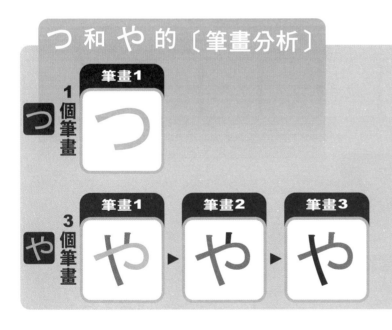

3 寫 日本媽媽教的假名

つ 的筆畫

日本媽媽的叮嚀：

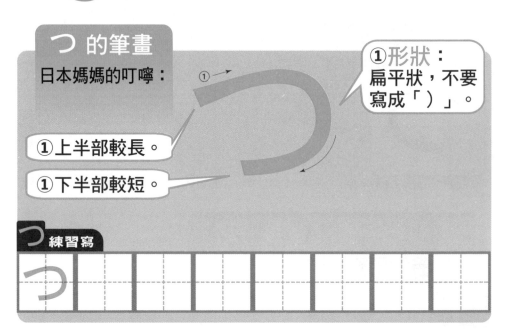

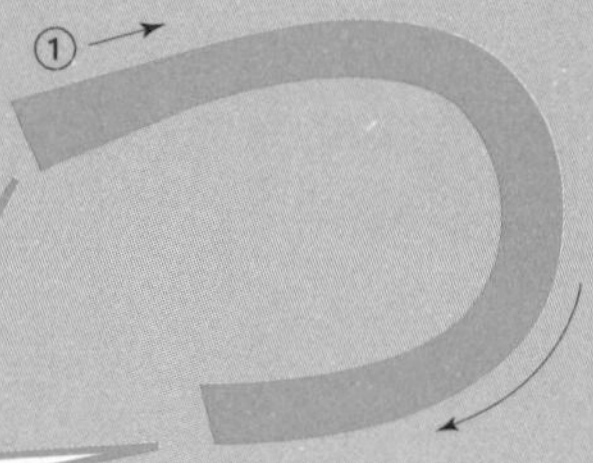

①形狀：扁平狀，不要寫成「）」。

①上半部較長。

①下半部較短。

つ 練習寫

つ

や 的筆畫

日本媽媽的叮嚀：

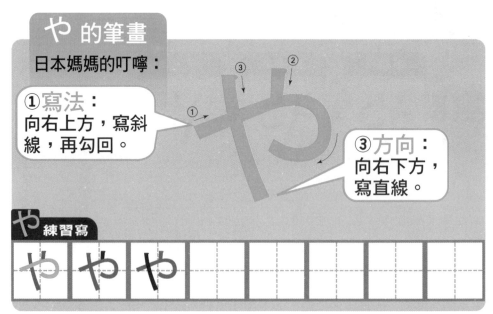

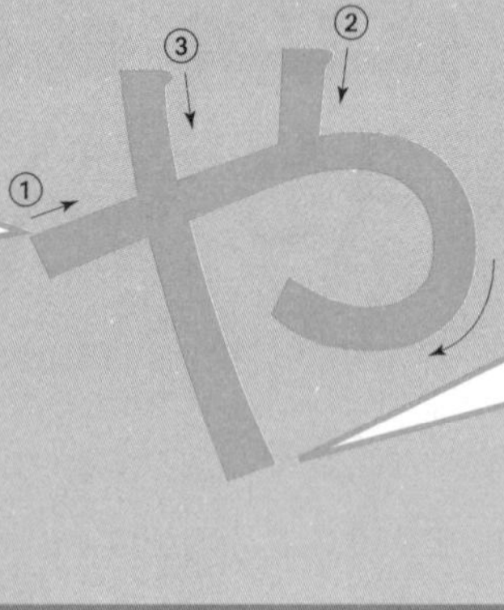

①寫法：向右上方，寫斜線，再勾回。

③方向：向右下方，寫直線。

や 練習寫

や や や

4 說 偶像劇單字 MP3-28

つ 的單字

第1回	聽 慢速度	つ・ま・ら・な・い (tsu ma ra na i)	無聊的
第2回	再聽一次 慢速度	つ・ま・ら★・な・い (tsu ma ra na i)	無聊的
第3回	聽 日劇裡的口語發音		

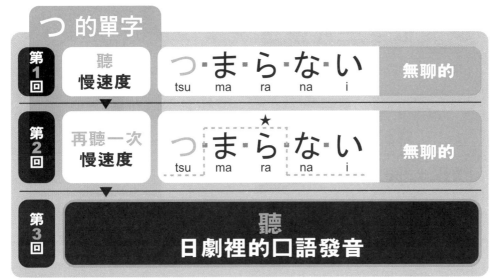

や 的單字

第1回	聽 慢速度	や・す・い (ya su i)	便宜的
第2回	再聽一次 慢速度	や・す★・い (ya su i)	便宜的
第3回	聽 日劇裡的口語發音		

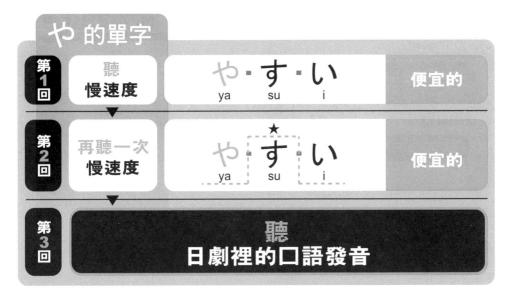

（註）★表示「重音核」，「重音核」後面的假名音調下降。

第19字 て ★ 相似字 と

相似字一起學

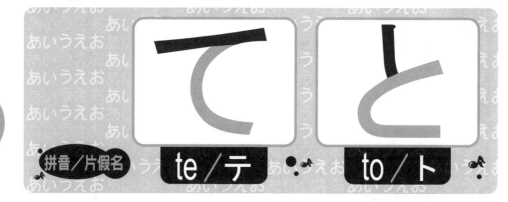

て	と
te／テ	to／ト

拼音／片假名

1 聽 東京腔發音 MP3-29

て 的發音〔te〕

相似音：「天上」的 天

東京腔・慢速度・唸3次 て ▶ て ▶ て
〔te〕 〔te〕 〔te〕

と 的發音〔to〕

相似音：「偷懶」的 偷

東京腔・慢速度・唸3次 と ▶ と ▶ と
〔to〕 〔to〕 〔to〕

2 讀 超級像字形

て和と的〔相似筆畫〕

て和と的〔筆畫分析〕

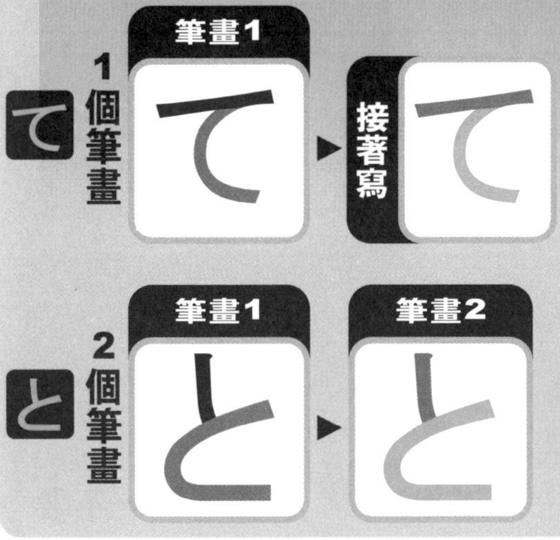

3 寫 日本媽媽教的假名

て 的筆畫

日本媽媽的叮嚀：

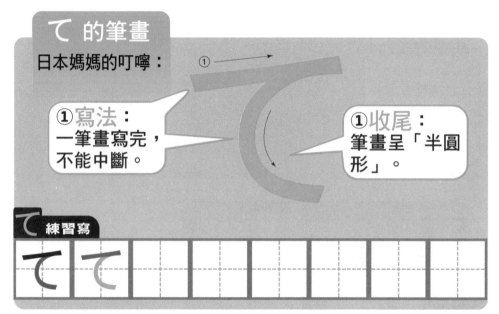

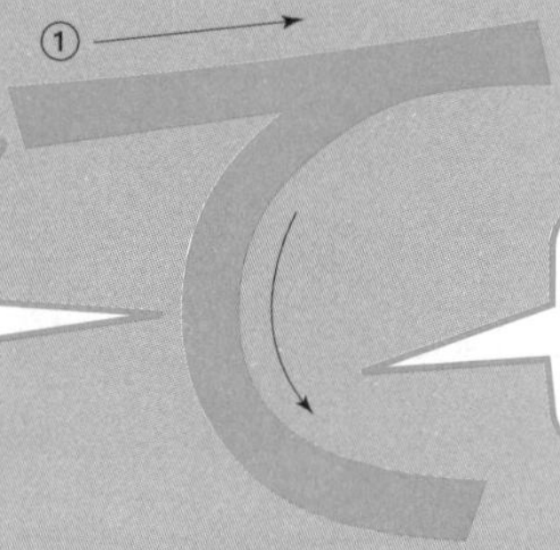

①寫法：
一筆畫寫完，
不能中斷。

①收尾：
筆畫呈「半圓形」。

て 練習寫

て て

と 的筆畫

日本媽媽的叮嚀：

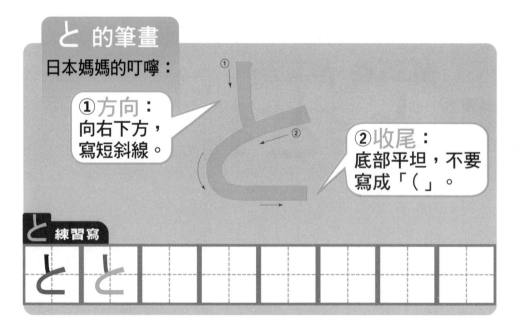

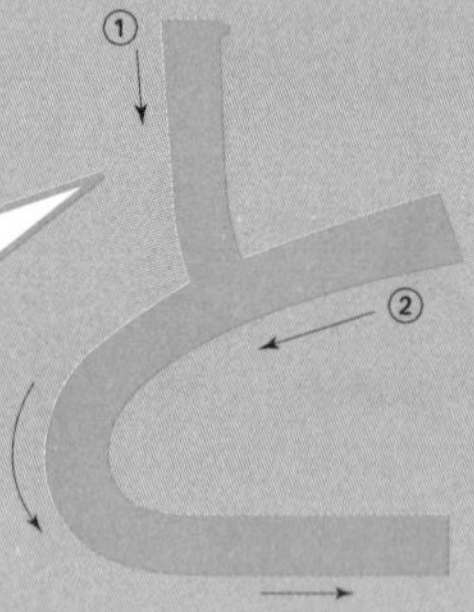

①方向：
向右下方，
寫短斜線。

②收尾：
底部平坦，不要寫成「（」。

と 練習寫

と と

4 說 偶像劇單字 MP3-29

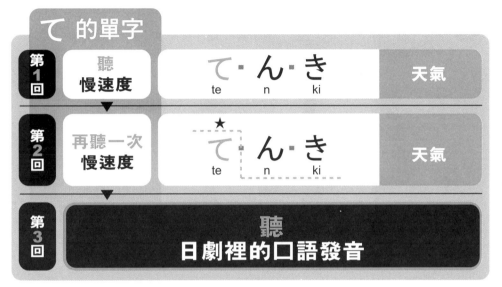

て 的單字

第1回	聽 慢速度	て・ん・き te n ki	天氣
第2回	再聽一次 慢速度	★ て・ん・き te n ki	天氣
第3回	聽 日劇裡的口語發音		

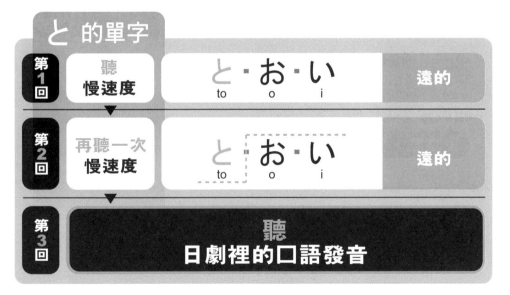

と 的單字

第1回	聽 慢速度	と・お・い to o i	遠的
第2回	再聽一次 慢速度	と・お・い to o i	遠的
第3回	聽 日劇裡的口語發音		

（註）★表示「重音核」，「重音核」後面的假名音調下降。

第20字 と ★ 相似字 て

★ 相似字一起學

と	て
to／ト	te／テ

拼音／片假名

1 聽 東京腔發音 MP3-30

と 的發音〔to〕

相似音：「偷懶」的 偷

東京腔・慢速度・唸3次

と ▸ と ▸ と
〔to〕 〔to〕 〔to〕

て 的發音〔te〕

相似音：「天上」的 天

東京腔・慢速度・唸3次

て ▸ て ▸ て
〔te〕 〔te〕 〔te〕

2 讀 超級像字形

と和て的〔相似筆畫〕

と和て的〔筆畫分析〕

と 2個筆畫

筆畫1 ▶ 筆畫2

て 1個筆畫

筆畫1 ▶ 接著寫

3 寫 日本媽媽教的假名

と 的筆畫

日本媽媽的叮嚀：

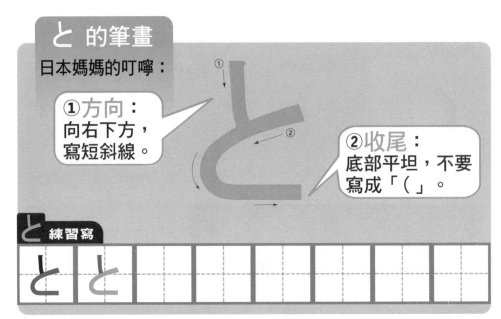

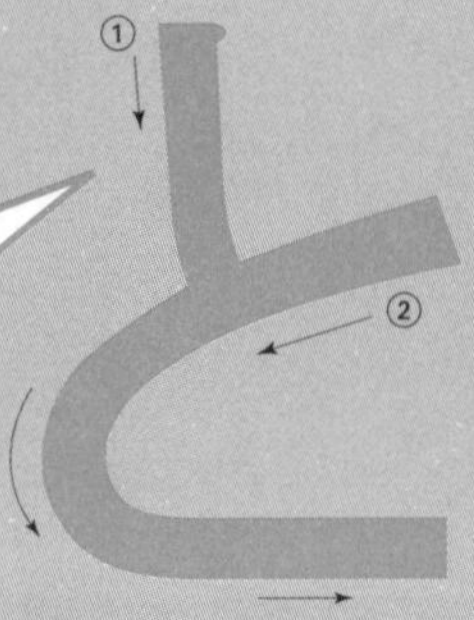

①方向：
向右下方，
寫短斜線。

②收尾：
底部平坦，不要
寫成「（」。

と 練習寫

と と

て 的筆畫

日本媽媽的叮嚀：

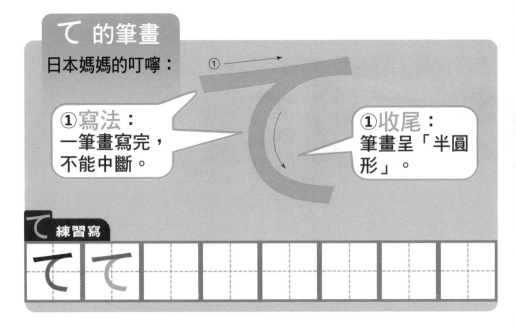

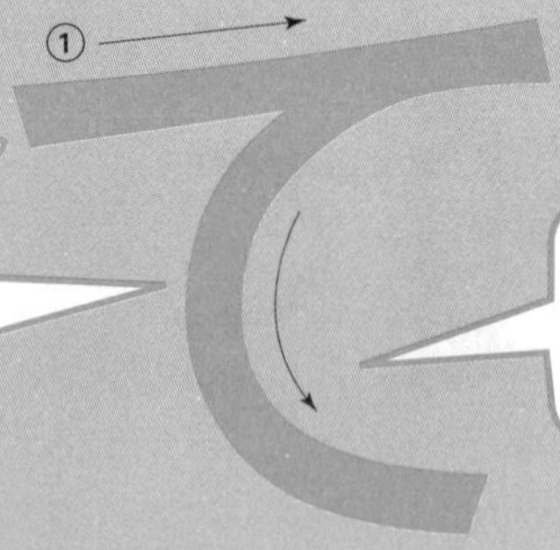

①寫法：
一筆畫寫完，
不能中斷。

①收尾：
筆畫呈「半圓
形」。

て 練習寫

て て

4 說 偶像劇單字 MP3-30

と 的單字

第1回	聽 慢速度	と・も・だ・ち to mo da chi	朋友
第2回	再聽一次 慢速度	と も・だ・ち to mo da chi	朋友
第3回	聽 日劇裡的口語發音		

て 的單字

第1回	聽 慢速度	て・ん・ぷ・ら te n pu ra	炸天婦羅
第2回	再聽一次 慢速度	て ん・ぷ・ら te n pu ra	炸天婦羅
第3回	聽 日劇裡的口語發音		

（註）「だ」（da）是「た」（ta）的「濁音」。
（註）「ぷ」（pu）是「ふ」（fu）的「半濁音」。
（註）★表示「重音核」，「重音核」後面的假名音調下降。

第21字 な ★ 相似字 た

★ 相似字一起學

	な	た
拼音/片假名	na/ナ	ta/タ

1 聽 東京腔發音 MP3-31

な的發音〔na〕

相似音：「拿起來」的 拿

東京腔・慢速度・唸3次　な ▶ な ▶ な
〔na〕〔na〕〔na〕

た的發音〔ta〕

相似音：「榻榻米」的 榻

東京腔・慢速度・唸3次　た ▶ た ▶ た
〔ta〕〔ta〕〔ta〕

2 讀 超級像字形

な和た的〔相似筆畫〕

ナ ＝ 一 ＋ ノ

な和た的〔筆畫分析〕

	筆畫1	筆畫2	筆畫3	筆畫4
な 4個筆畫	な	な	な	な
た 4個筆畫	た	た	た	た

3 寫 日本媽媽教的假名

な 的筆畫

日本媽媽的叮嚀：

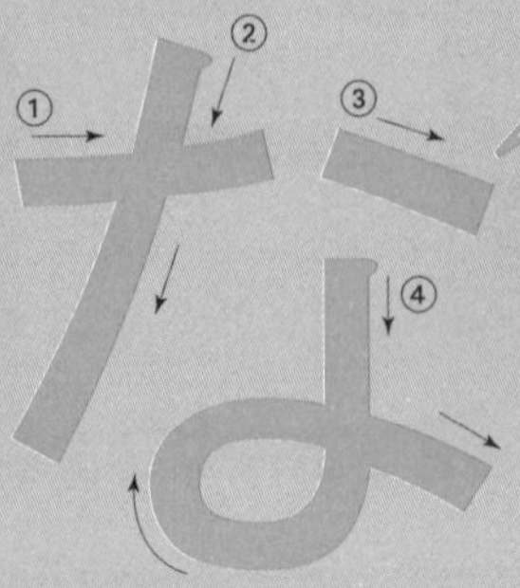

①長度：
約字寬的**1/2**。

③位置：
在右上方，與筆畫①同高。

④寫法：
寫直線，再畫圈，再彎向右下方。

な 練習寫

な	な	な	な				

た 的筆畫

日本媽媽的叮嚀：

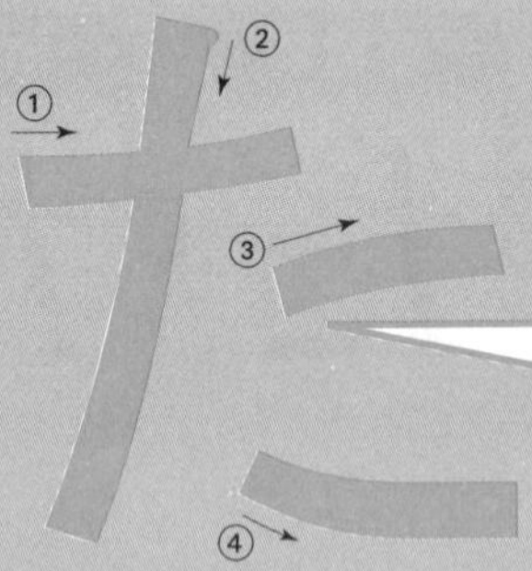

①長度：
約字寬的**1/2**。

③位置：
開始於筆畫①右下方。

た 練習寫

た	た	た	た				

4 說 偶像劇單字 MP3-31

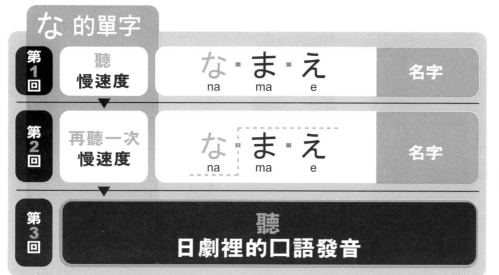

な 的單字

第1回	聽 慢速度	な・ま・え (na ma e)	名字
第2回	再聽一次 慢速度	な・ま・え (na ma e)	名字
第3回	聽 日劇裡的口語發音		

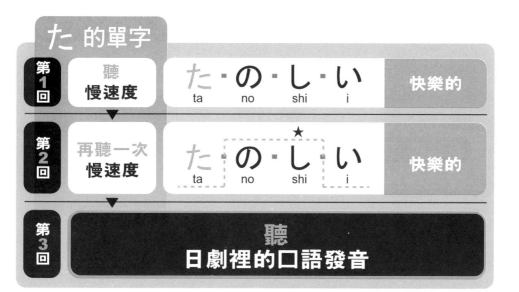

た 的單字

第1回	聽 慢速度	た・の・し・い (ta no shi i)	快樂的
第2回	再聽一次 慢速度	た・の・し★・い (ta no shi i)	快樂的
第3回	聽 日劇裡的口語發音		

（註）★表示「重音核」，「重音核」後面的假名音調下降。

第22字に★相似字こ

相似字一起學

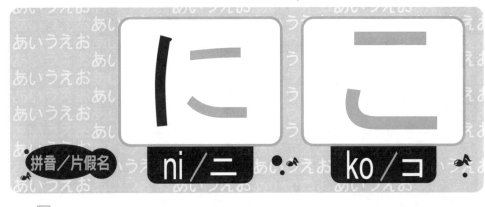

に	こ
ni／ニ	ko／コ

拼音／片假名

1 聽 東京腔發音 MP3-32

に 的發音〔ni〕

相似音：「泥巴」的 泥

東京腔・慢速度・唸3次

に ▸ に ▸ に
〔ni〕 〔ni〕 〔ni〕

こ 的發音〔ko〕

相似音：「叩叩叩」的 叩

東京腔・慢速度・唸3次

こ ▸ こ ▸ こ
〔ko〕 〔ko〕 〔ko〕

2 讀 超級像字形

に 和 こ 的〔相似筆畫〕

に 和 こ 的〔筆畫分析〕

に 3個筆畫

こ 2個筆畫

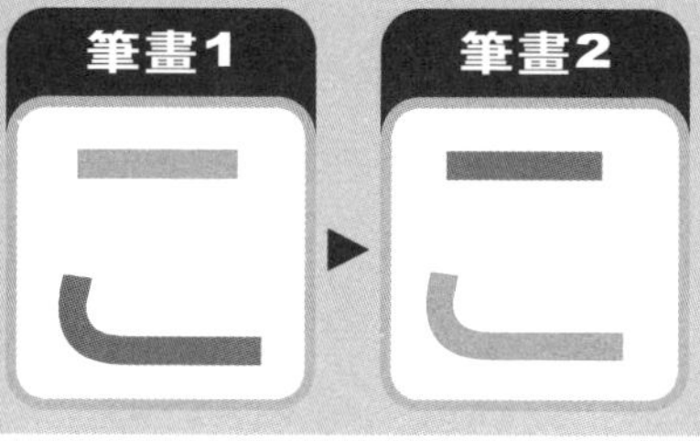

3 寫 日本媽媽教的假名

に 的筆畫

日本媽媽的叮嚀：

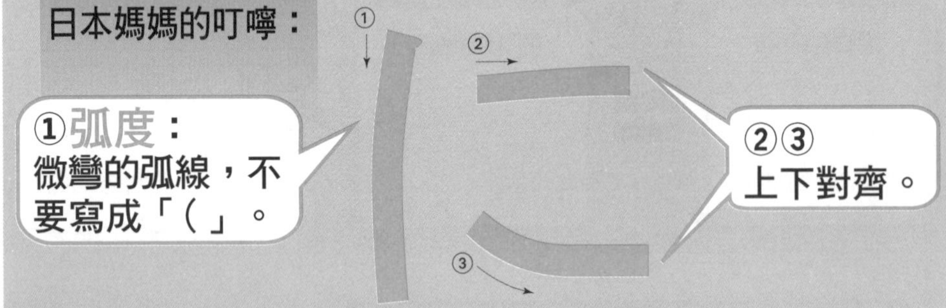
①
②
③
①弧度：
微彎的弧線，不要寫成「（」。
②③
上下對齊。

に 練習寫

こ 的筆畫

日本媽媽的叮嚀：

①
②
②位置：
在筆畫①的正下方。

こ 練習寫

4 說 偶像劇單字 MP3-32

に 的單字

第1回	聽 慢速度	に・ん・き (ni n ki)	受歡迎
第2回	再聽一次 慢速度	に・ん・き (ni n ki)	受歡迎
第3回	聽 日劇裡的口語發音		

こ 的單字

第1回	聽 慢速度	こ・ど・も (ko do mo)	小孩子
第2回	再聽一次 慢速度	こ・ど・も (ko do mo)	小孩子
第3回	聽 日劇裡的口語發音		

（註）「ど」（do）是「と」（to）的「濁音」。

（註）★表示「重音核」，「重音核」後面的假名音調下降。

第23字 ぬ ★ 相似字 め

★ 相似字一起學

ぬ め

拼音／片假名 nu／ヌ me／メ

1 聽 東京腔發音 MP3-33

ぬ 的發音〔nu〕

相似音：「奴隸」的 奴

東京腔・慢速度・唸3次 ぬ ▶ ぬ ▶ ぬ
〔nu〕 〔nu〕 〔nu〕

め 的發音〔me〕

相似音：「阿妹」的 妹

東京腔・慢速度・唸3次 め ▶ め ▶ め
〔me〕 〔me〕 〔me〕

2 讀 超級像字形

ぬ和め的〔相似筆畫〕

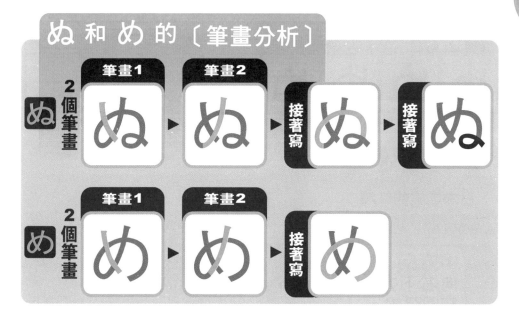

め = ㇏ + の

ぬ和め的〔筆畫分析〕

ぬ 2個筆畫：筆畫1 ぬ ▸ 筆畫2 ぬ ▸ 接著寫 ぬ ▸ 接著寫 ぬ

め 2個筆畫：筆畫1 め ▸ 筆畫2 め ▸ 接著寫 め

3 寫 日本媽媽教的假名

ぬ 的筆畫

日本媽媽的叮嚀：

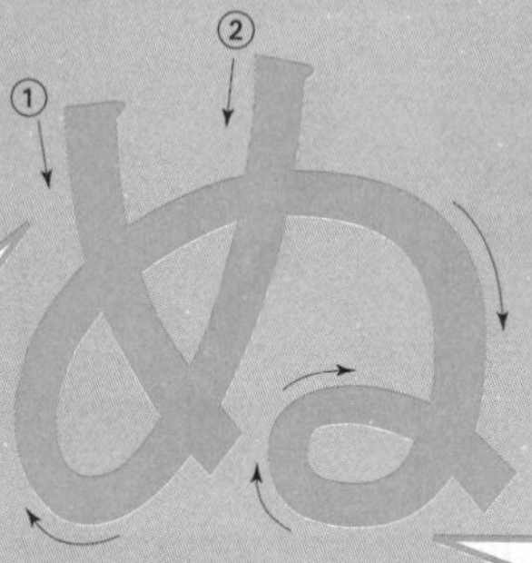
①
②
①方向：
向右下方，
寫圓弧線。
②底部對齊：
呈一直線。

ぬ 練習寫

ぬ ぬ ぬ ぬ

め 的筆畫

日本媽媽的叮嚀：

①
②
①方向：
向右下方，
寫圓弧線。
②底部對齊：
呈一直線。

め 練習寫

め め め

4 說 偶像劇單字 MP3-33

ぬ 的單字

第1回	聽 慢速度	い・ぬ (i nu)	小狗
第2回	再聽一次 慢速度	い・ぬ★ (i nu)	小狗
第3回	聽 日劇裡的口語發音		

め 的單字

第1回	聽 慢速度	め・い・し (me i shi)	名片
第2回	再聽一次 慢速度	め・い・し (me i shi)	名片
第3回	聽 日劇裡的口語發音		

（註）★表示「重音核」，「重音核」後面的假名音調下降。

第24字 ね ★ 相似字 わ

★ 相似字一起學

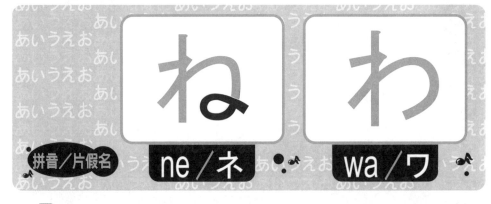

ね	わ
ne／ネ	wa／ワ

拼音／片假名

1 聽 東京腔發音 MP3-34

ね 的發音〔ne〕

相似音：「喝ㄋㄟㄋㄟ」的 ㄋㄟ

東京腔・慢速度・唸3次

ね ▸ ね ▸ ね
〔ne〕 〔ne〕 〔ne〕

わ 的發音〔wa〕

相似音：「哇哇叫」的 哇

東京腔・慢速度・唸3次

わ ▸ わ ▸ わ
〔wa〕 〔wa〕 〔wa〕

2 讀 超級像字形

ね和わ的〔相似筆畫〕

わ = | + ⺈

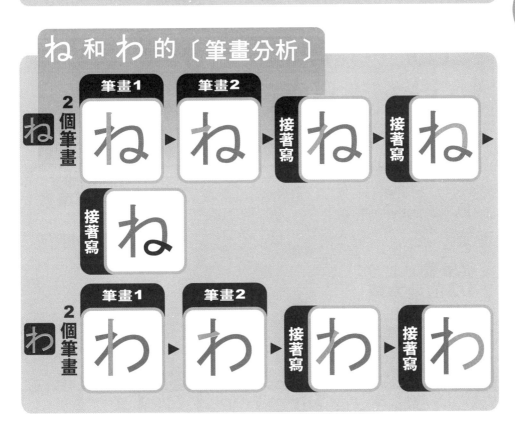

ね和わ的〔筆畫分析〕

ね 2個筆畫

筆畫1 ね ▶ 筆畫2 ね ▶ 接著寫 ね ▶ 接著寫 ね ▶ 接著寫 ね

わ 2個筆畫

筆畫1 わ ▶ 筆畫2 わ ▶ 接著寫 わ ▶ 接著寫 わ

3 寫 日本媽媽教的假名

ね 的筆畫

日本媽媽的叮嚀：

②位置：
從筆畫①上方**1/3**的地方開始寫。

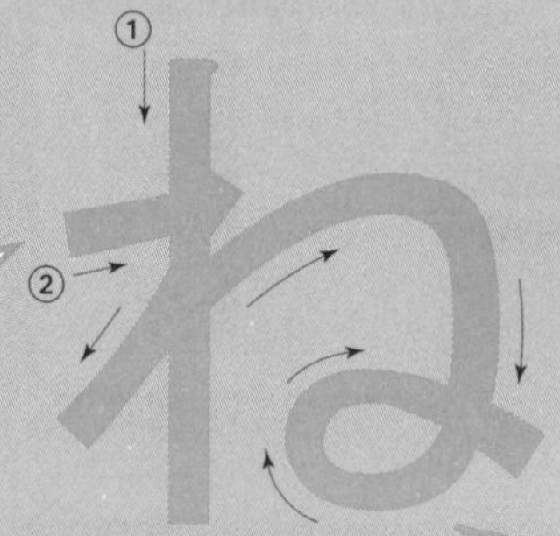

②底部對齊：
呈一直線。

ね 練習寫

ね	ね	ね	ね	ね			

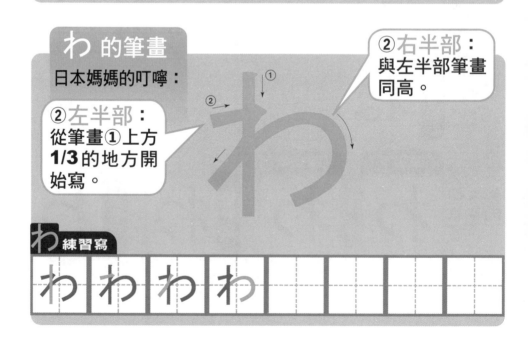

わ 的筆畫

日本媽媽的叮嚀：

②右半部：
與左半部筆畫同高。

②左半部：
從筆畫①上方**1/3**的地方開始寫。

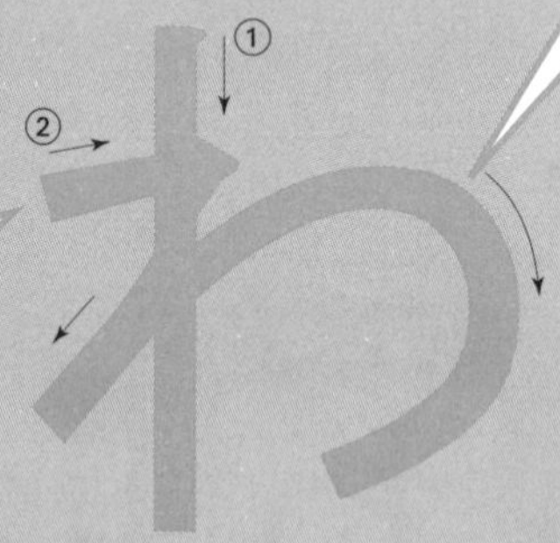

わ 練習寫

わ	わ	わ	わ				

4 說 偶像劇單字 MP3-34

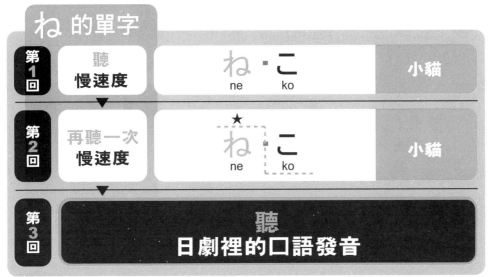

ね 的單字

第1回	聽 慢速度	ね・こ (ne ko)	小貓
第2回	再聽一次 慢速度	★ね・こ (ne ko)	小貓
第3回	聽 日劇裡的口語發音		

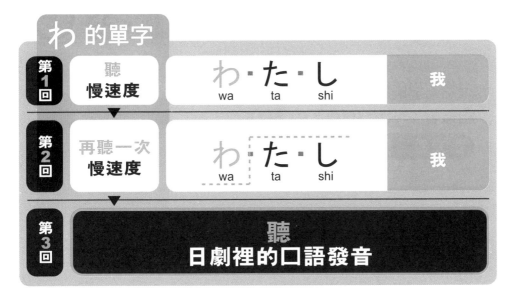

わ 的單字

第1回	聽 慢速度	わ・た・し (wa ta shi)	我
第2回	再聽一次 慢速度	わ・た・し (wa ta shi)	我
第3回	聽 日劇裡的口語發音		

（註）★表示「重音核」，「重音核」後面的假名音調下降。

第25字 の ★ 相似字 め

相似字一起學

の	め
no／ノ	me／メ

拼音／片假名

1 聽 東京腔發音 MP3-35

の 的發音〔no〕

相似音：「NONO」的 NO

東京腔・慢速度・唸3次

の ▶ の ▶ の
〔no〕 〔no〕 〔no〕

め 的發音〔me〕

相似音：「阿妹」的 妹

東京腔・慢速度・唸3次

め ▶ め ▶ め
〔me〕 〔me〕 〔me〕

2 讀 超級像字形

の和め的〔相似筆畫〕

の = ノ + の

の和め的〔筆畫分析〕

の 1個筆畫
筆畫1: の ▶ 接著寫: の

め 2個筆畫
筆畫1: め ▶ 筆畫2: め ▶ 接著寫: め

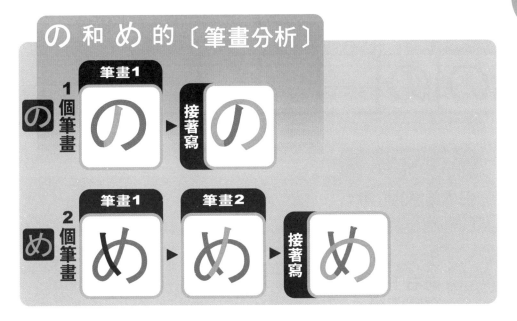

3 寫 日本媽媽教的假名

の 的筆畫

日本媽媽的叮嚀：

①寫法：
一筆畫寫完，
不能中斷。

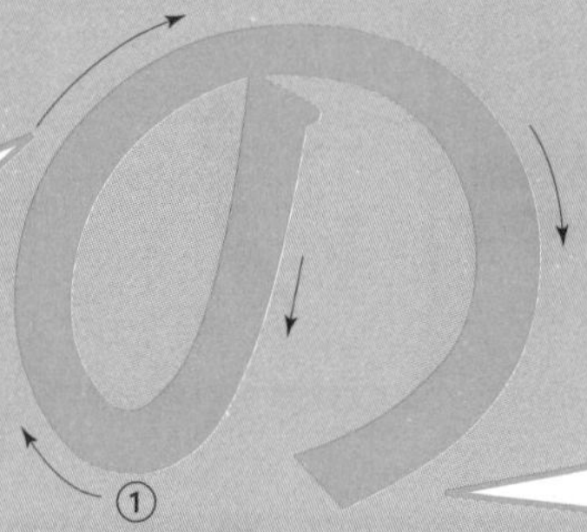

①收尾：
筆畫自然下垂，不要向上捲起。

の 練習寫

の	の						

め 的筆畫

日本媽媽的叮嚀：

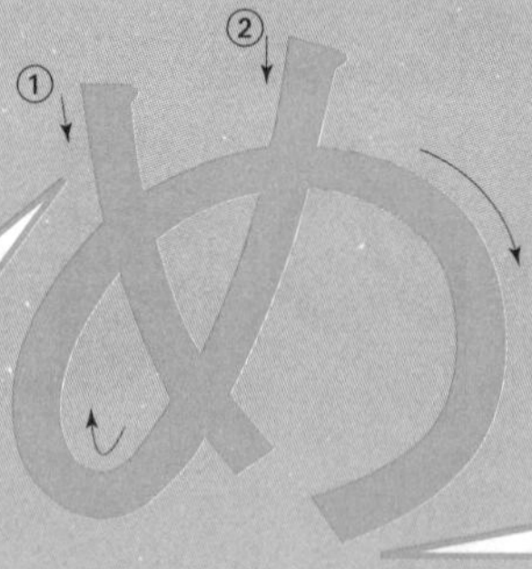

①方向：
向右下方，
寫圓弧線。

②底部對齊：
呈一直線。

め 練習寫

め	め	め					

4 說 偶像劇單字 MP3-35

の 的單字

第1回	聽 慢速度	の・み・も・の (no mi mo no)	飲料
第2回	再聽一次 慢速度	の・み★・も・の (no mi mo no)	飲料
第3回	聽 日劇裡的口語發音		

め 的單字

第1回	聽 慢速度	め・が・ね (me ga ne)	眼鏡
第2回	再聽一次 慢速度	め★・が・ね (me ga ne)	眼鏡
第3回	聽 日劇裡的口語發音		

（註）「が」（ga）是「か」（ka）的「濁音」。
（註）★表示「重音核」，「重音核」後面的假名音調下降。

第26字 は ★ 相似字 ほ

相似字一起學

	は	ほ
拼音／片假名	ha／ハ	ho／ホ

1 聽 東京腔發音 MP3-36

は 的發音〔ha〕

相似音：「哈哈哈」的 哈

東京腔・慢速度・唸3次　は ▶ は ▶ は
〔ha〕〔ha〕〔ha〕

ほ 的發音〔ho〕

相似音：「後面」的 後

東京腔・慢速度・唸3次　ほ ▶ ほ ▶ ほ
〔ho〕〔ho〕〔ho〕

2 讀 超級像字形

は和ほ的〔相似筆畫〕

は＝|＋よ

は和ほ的〔筆畫分析〕

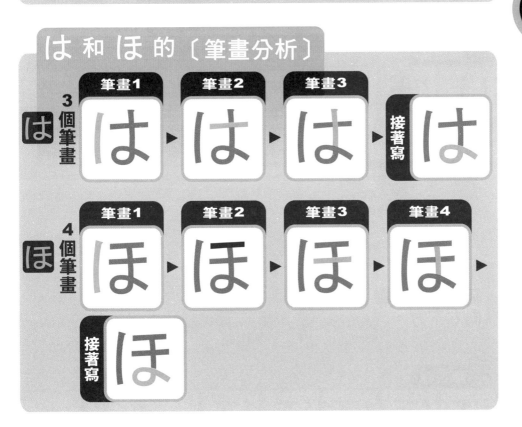

は 3個筆畫

筆畫1	筆畫2	筆畫3	接著寫
は	は	は	は

ほ 4個筆畫

筆畫1	筆畫2	筆畫3	筆畫4	接著寫
ほ	ほ	ほ	ほ	ほ

3 寫 日本媽媽教的假名

は 的筆畫

日本媽媽的叮嚀：

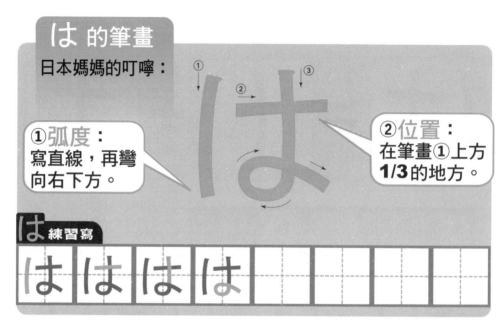

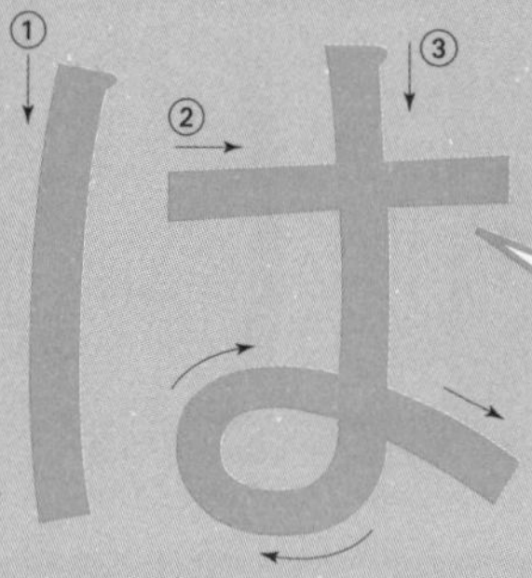

①弧度：
寫直線，再彎向右下方。

②位置：
在筆畫①上方1/3的地方。

は 練習寫

はははは

ほ 的筆畫

日本媽媽的叮嚀：

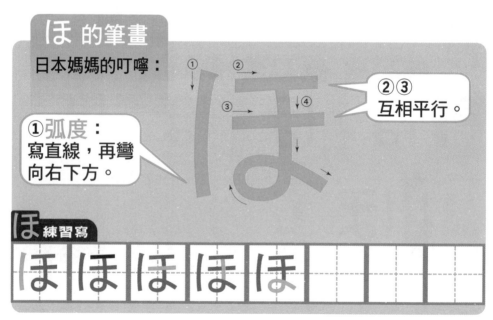

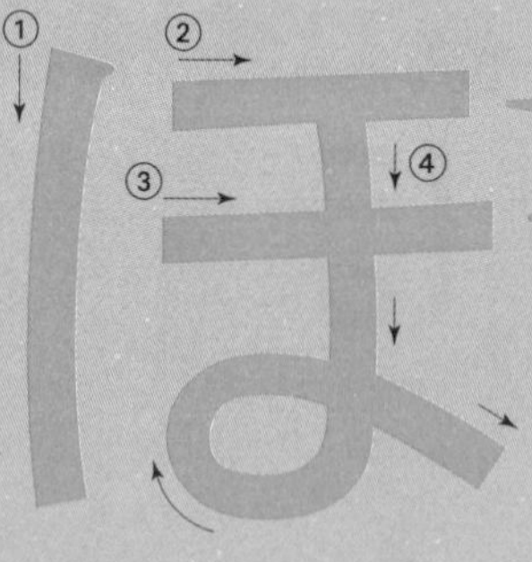

①弧度：
寫直線，再彎向右下方。

②③
互相平行。

ほ 練習寫

ほほほほほ

4 說 偶像劇單字 MP3-36

は 的單字

第1回	聽 慢速度	は・は (ha ha)	媽媽
第2回	再聽一次 慢速度	★は・は (ha ha)	媽媽
第3回	聽 日劇裡的口語發音		

ほ 的單字

第1回	聽 慢速度	ほ・ん (ho n)	書本
第2回	再聽一次 慢速度	★ほ・ん (ho n)	書本
第3回	聽 日劇裡的口語發音		

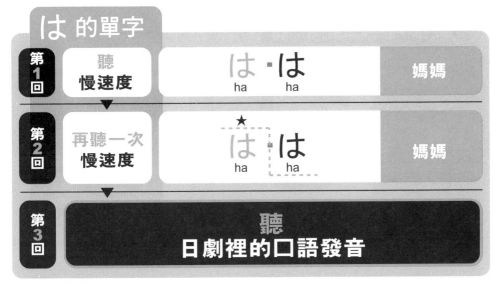

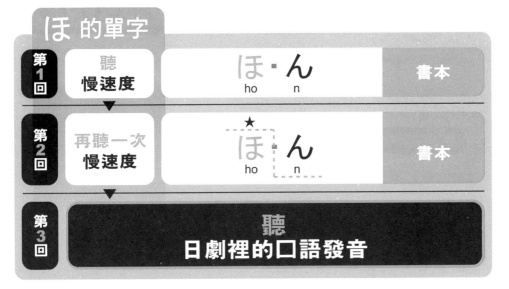

（註）★表示「重音核」，「重音核」後面的假名音調下降。

第27字 ひ ★ 相似字 し

★ 相似字一起學

ひ　し

拼音／片假名　hi／ヒ　shi／シ

1 聽 東京腔發音　MP3-37

ひ 的發音〔hi〕

相似音：「ㄏㄏㄏ」的 ㄏ

東京腔・慢速度・唸3次　ひ ▶ ひ ▶ ひ
〔hi〕〔hi〕〔hi〕

し 的發音〔shi〕

相似音：「吸管」的 吸

東京腔・慢速度・唸3次　し ▶ し ▶ し
〔shi〕〔shi〕〔shi〕

2 讀 超級像字形

ひ和し的〔相似筆畫〕

し

ひ和し的〔筆畫分析〕

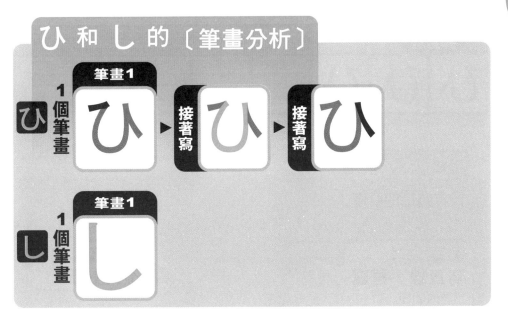

ひ 1個筆畫 筆畫1 ひ ▸ 接著寫 ひ ▸ 接著寫 ひ

し 1個筆畫 筆畫1 し

3 寫 日本媽媽教的假名

ひ 的筆畫

日本媽媽的叮嚀：

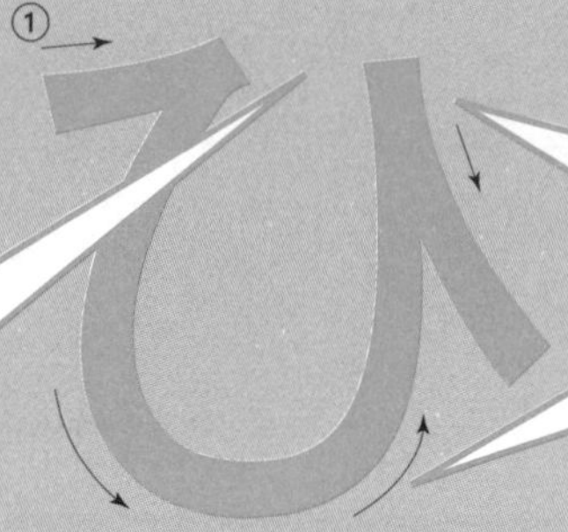

①方向：
開口略向右上方。

①寫法：
一筆畫寫完，不能中斷。

ひ 練習寫

ひ	ひ	ひ					

し 的筆畫

日本媽媽的叮嚀：

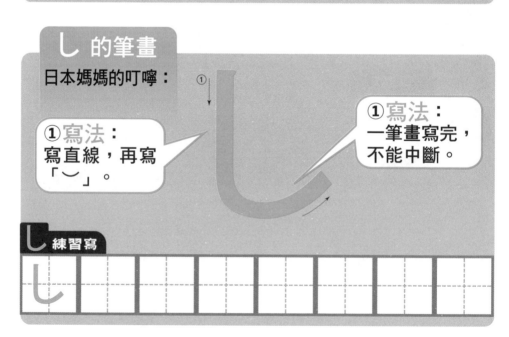

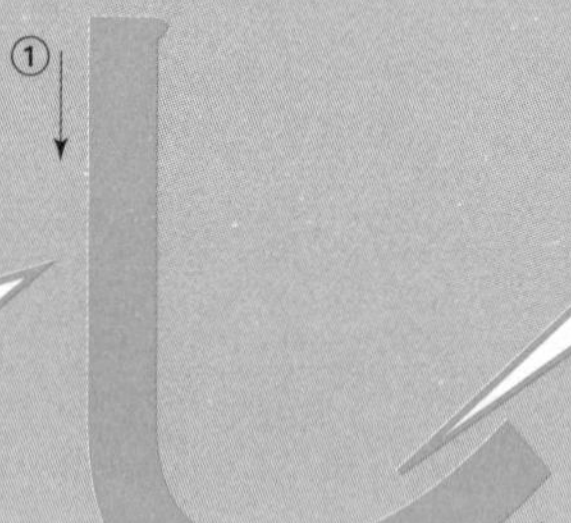

①寫法：
寫直線，再寫「︶」。

①寫法：
一筆畫寫完，不能中斷。

し 練習寫

し							

4 說 偶像劇單字 MP3-37

ひ 的單字

第1回	聽 慢速度	ひ・る hi ru	中午
第2回	再聽一次 慢速度	ひ る★ hi ru	中午
第3回	聽 日劇裡的口語發音		

し 的單字

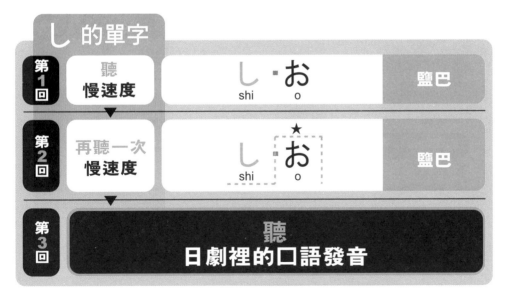

第1回	聽 慢速度	し・お shi o	鹽巴
第2回	再聽一次 慢速度	し お★ shi o	鹽巴
第3回	聽 日劇裡的口語發音		

（註）★表示「重音核」，「重音核」後面的假名音調下降。

第28字 ふ ★ 相似字 う

★ 相似字一起學

ふ	う
fu／フ	u／ウ

拼音／片假名

1 聽 東京腔發音 MP3-38

ふ 的發音〔fu〕

相似音：「忽然」的 忽

東京腔・慢速度・唸3次

ふ ▶ ふ ▶ ふ
〔fu〕〔fu〕〔fu〕

う 的發音〔u〕

相似音：「烏鴉」的 烏

東京腔・慢速度・唸3次

う ▶ う ▶ う
〔u〕〔u〕〔u〕

2 讀 超級像字形

ふ和う的〔相似筆畫〕

ふ和う的〔筆畫分析〕

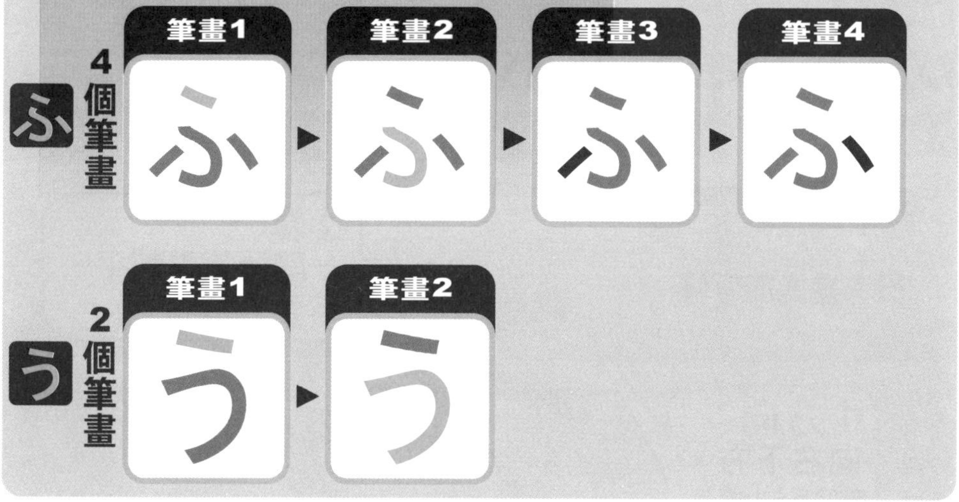

3 寫 日本媽媽教的假名

ふ 的筆畫

日本媽媽的叮嚀：

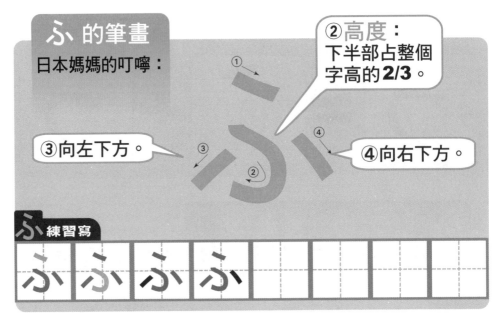

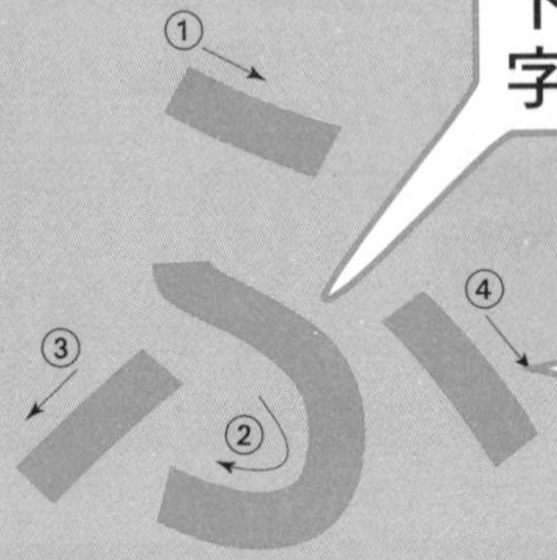

②高度：
下半部占整個字高的**2/3**。

③向左下方。

④向右下方。

ふ 練習寫

ふ ふ ふ ふ

う 的筆畫

日本媽媽的叮嚀：

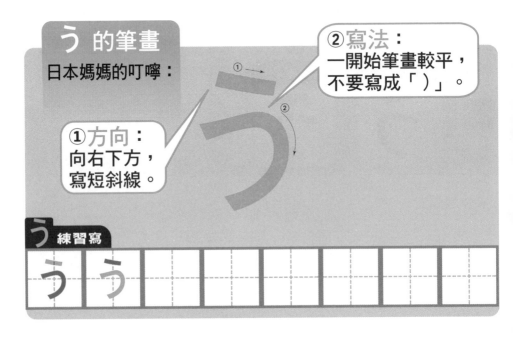

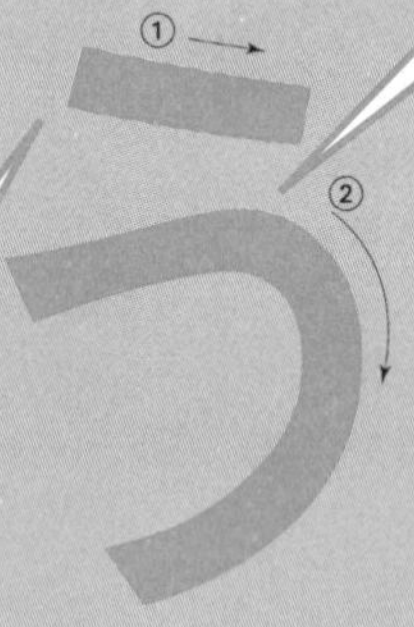

②寫法：
一開始筆畫較平，不要寫成「）」。

①方向：
向右下方，寫短斜線。

う 練習寫

う う

4 說 偶像劇單字 MP3-38

ふ 的單字

第1回	聽 慢速度	ふ・と・い fu to i	胖的
第2回	再聽一次 慢速度	ふ・と★・い fu to i	胖的
第3回	聽 日劇裡的口語發音		

う 的單字

第1回	聽 慢速度	う・る・さ・い u ru sa i	吵鬧的
第2回	再聽一次 慢速度	う・る・さ★・い u ru sa i	吵鬧的
第3回	聽 日劇裡的口語發音		

（註）★表示「重音核」，「重音核」後面的假名音調下降。

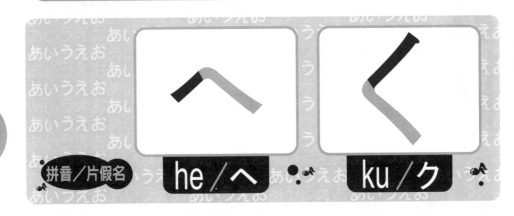

第29字 へ ★ 相似字 く

★ 相似字一起學

へ	く
he / ヘ	ku / ク

拼音/片假名

1 聽 東京腔發音 MP3-39

へ 的發音〔he〕

相似音：「黑色」的 黑

東京腔・慢速度・唸3次

へ ▸ へ ▸ へ
〔he〕〔he〕〔he〕

く 的發音〔ku〕

相似音：「愛哭鬼」的 哭

東京腔・慢速度・唸3次

く ▸ く ▸ く
〔ku〕〔ku〕〔ku〕

2 讀 超級像字形

へ和く的〔相似筆畫〕

へ和く的〔筆畫分析〕

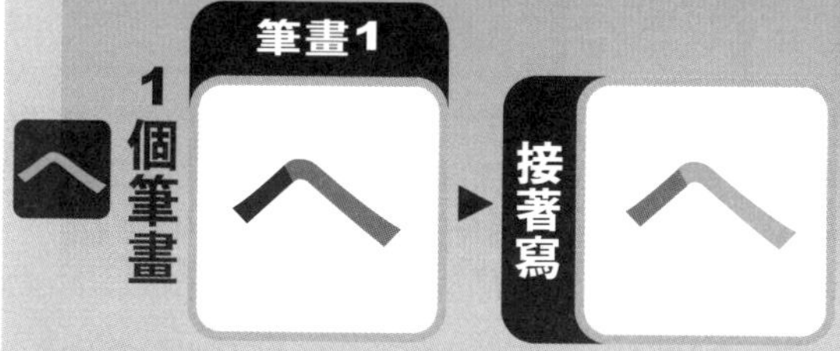

3 寫 日本媽媽教的假名

へ的筆畫

日本媽媽的叮嚀：

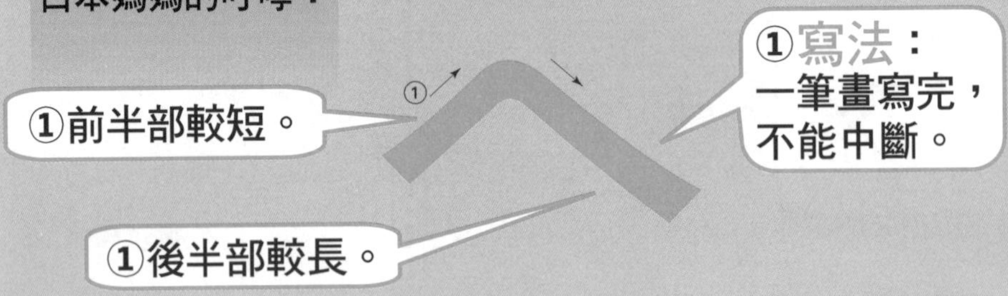
①
①前半部較短。
①寫法：
一筆畫寫完，
不能中斷。
①後半部較長。

へ 練習寫

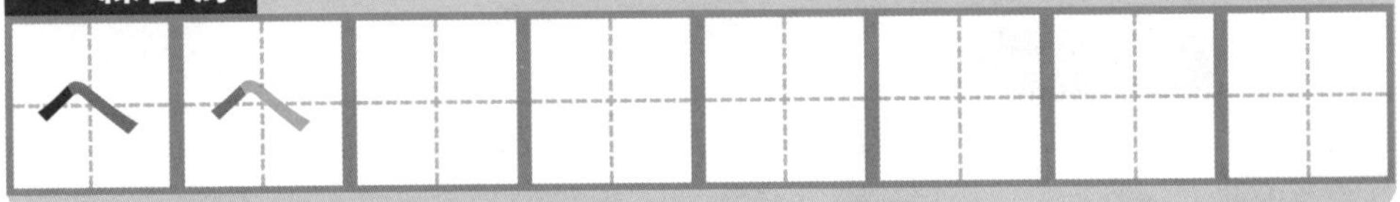

く 的筆畫

日本媽媽的叮嚀：

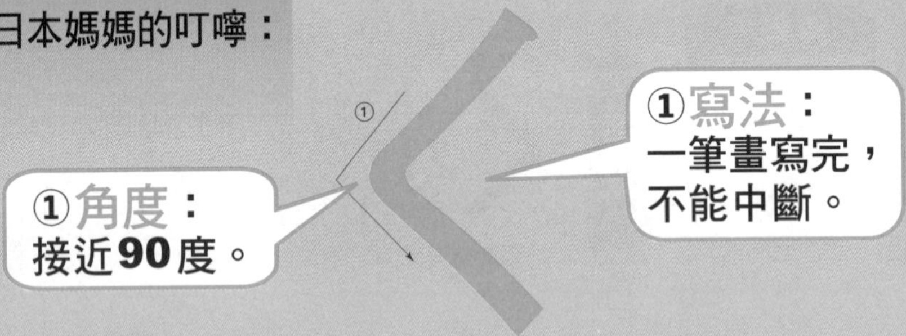
①
①角度：
接近90度。
①寫法：
一筆畫寫完，
不能中斷。

く 練習寫

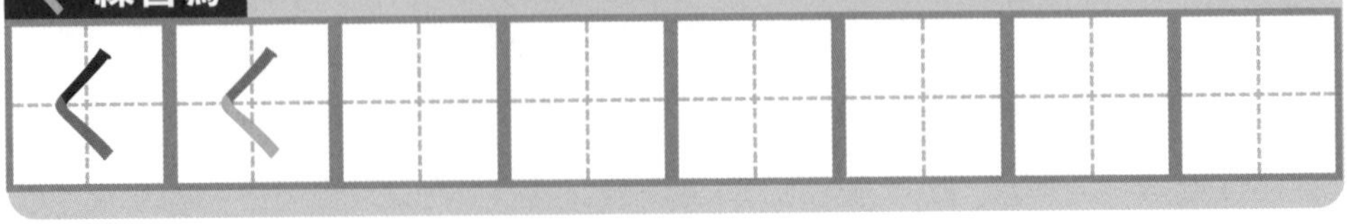

4 說 偶像劇單字 MP3-39

へ 的單字

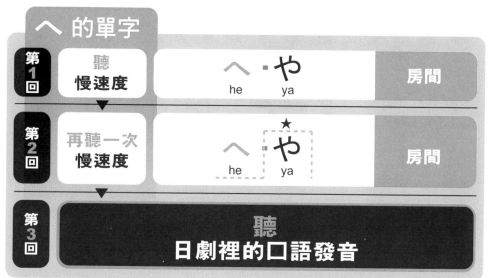

第1回	聽 慢速度	へ・や he ya	房間
第2回	再聽一次 慢速度	へ・や★ he ya	房間
第3回	聽 日劇裡的口語發音		

く 的單字

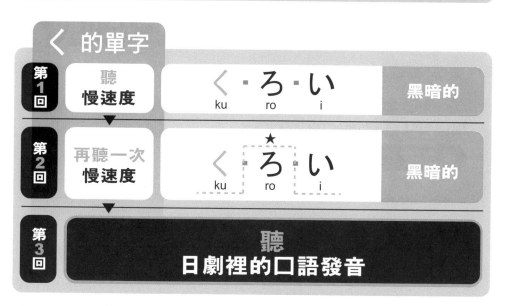

第1回	聽 慢速度	く・ろ・い ku ro i	黑暗的
第2回	再聽一次 慢速度	く・ろ★・い ku ro i	黑暗的
第3回	聽 日劇裡的口語發音		

（註）★表示「重音核」，「重音核」後面的假名音調下降。

第30字 ほ ★ 相似字 は

★ 相似字一起學

ほ　は

拼音／片假名　ho／ホ　ha／ハ

1 聽 東京腔發音 MP3-40

ほ 的發音〔ho〕

相似音：「後面」的 後

東京腔・慢速度・唸3次　ほ ▶ ほ ▶ ほ
〔ho〕〔ho〕〔ho〕

は 的發音〔ha〕

相似音：「哈哈哈」的 哈

東京腔・慢速度・唸3次　は ▶ は ▶ は
〔ha〕〔ha〕〔ha〕

2 讀 超級像字形

ほ和は的〔相似筆畫〕

は = | + よ

ほ和は的〔筆畫分析〕

ほ 4個筆畫

筆畫1	筆畫2	筆畫3	筆畫4
ほ	ほ	ほ	ほ

接著寫 ほ

は 3個筆畫

筆畫1	筆畫2	筆畫3	接著寫
は	は	は	は

3 寫 日本媽媽教的假名

ほ 的筆畫

日本媽媽的叮嚀：

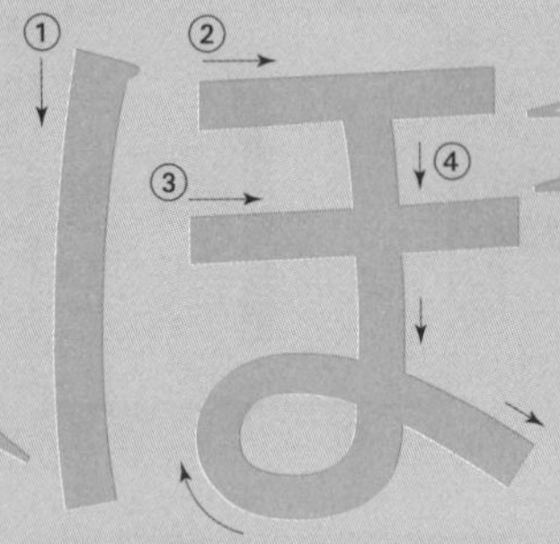

①弧度：
寫直線，再彎向右下方。

②③
互相平行。

ほ 練習寫

ほ ほ ほ ほ ほ

は 的筆畫

日本媽媽的叮嚀：

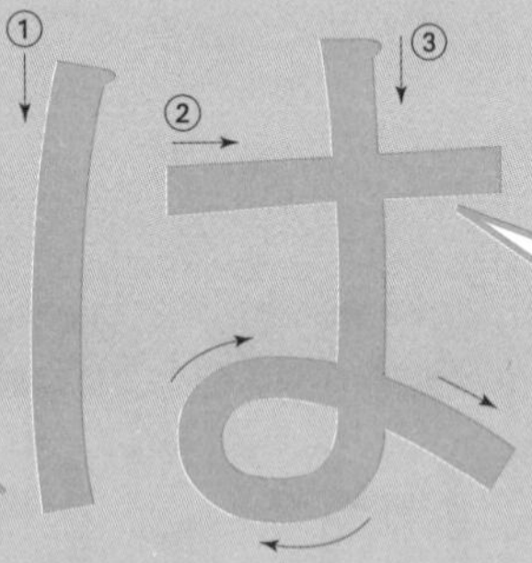

①弧度：
寫直線，再彎向右下方。

②位置：
在筆畫①上方 **1/3** 的地方。

は 練習寫

は は は は

4 說 偶像劇單字 MP3-40

ほ 的單字

第1回	聽 慢速度	ほ・そ・い (ho so i)	細的
第2回	再聽一次 慢速度	ほ・そ★・い (ho so i)	細的
第3回	聽 日劇裡的口語發音		

は 的單字

第1回	聽 慢速度	は・や・い (ha ya i)	快的
第2回	再聽一次 慢速度	は・や★・い (ha ya i)	快的
第3回	聽 日劇裡的口語發音		

（註）★表示「重音核」，「重音核」後面的假名音調下降。

第31字 ま ★ 相似字 よ

★ 相似字一起學

ま	よ
拼音／片假名 ma／マ	yo／ヨ

1 聽 東京腔發音 MP3-41

ま的發音〔ma〕

相似音：「媽媽」的 媽

東京腔・慢速度・唸3次

ま ▶ ま ▶ ま
〔ma〕 〔ma〕 〔ma〕

よ的發音〔yo〕

相似音：「優秀」的 優

東京腔・慢速度・唸3次

よ ▶ よ ▶ よ
〔yo〕 〔yo〕 〔yo〕

2 讀 超級像字形

ま和よ的〔相似筆畫〕

よ = ｌ + の

ま和よ的〔筆畫分析〕

ま 3個筆畫：筆畫1 ま ▸ 筆畫2 ま ▸ 筆畫3 ま ▸ 接著寫 ま

よ 2個筆畫：筆畫1 よ ▸ 筆畫2 よ ▸ 接著寫 よ

3 寫 日本媽媽教的假名

ま 的筆畫

日本媽媽的叮嚀：

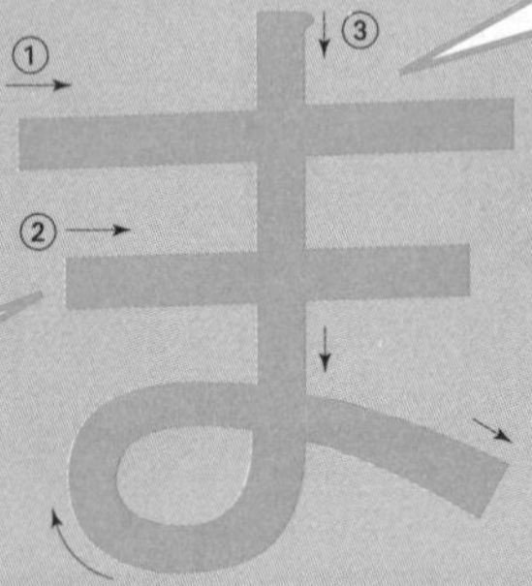

①較長。

②較短。

③寫法：
穿過筆畫①②的中心。

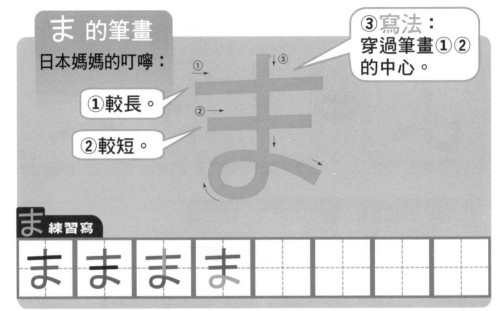

ま 練習寫

ま ま ま ま

よ 的筆畫

日本媽媽的叮嚀：

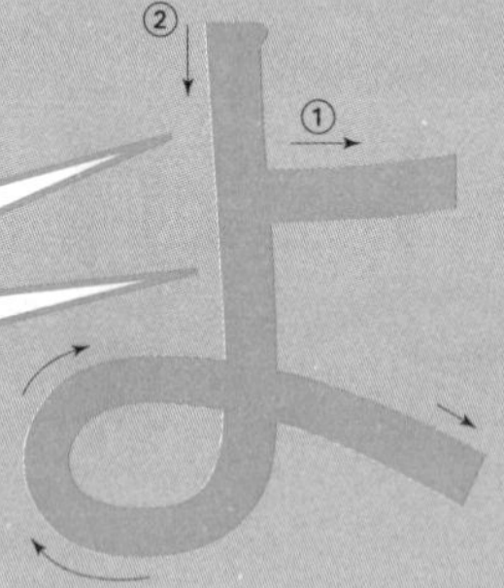

②間距相等。

②收尾：
對齊筆畫①右側。

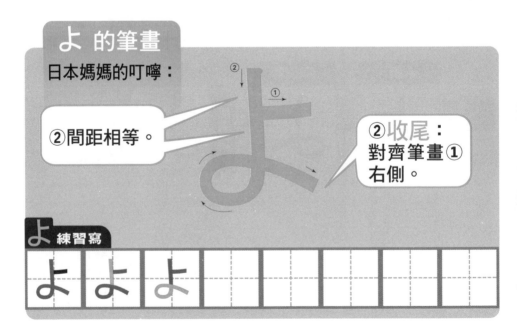

よ 練習寫

よ よ よ

4 說 偶像劇單字 MP3-41

ま 的單字

第1回	聽 慢速度	ま・え (ma e)	前面
第2回	再聽一次 慢速度	★ま・え (ma e)	前面
第3回	聽 日劇裡的口語發音		

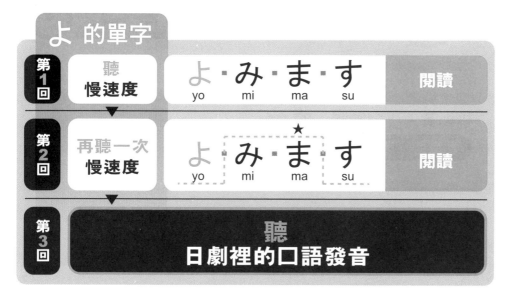

よ 的單字

第1回	聽 慢速度	よ・み・ま・す (yo mi ma su)	閱讀
第2回	再聽一次 慢速度	よ・み・★ま・す (yo mi ma su)	閱讀
第3回	聽 日劇裡的口語發音		

（註）★表示「重音核」，「重音核」後面的假名音調下降。

第32字 み ★ 相似字 る

★ 相似字一起學

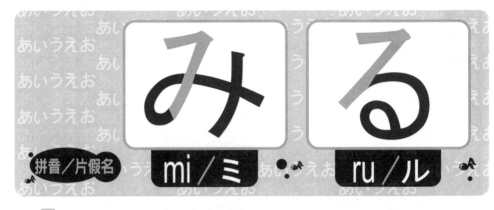

み　る

拼音／片假名

mi／ミ　ru／ル

1 聽 東京腔發音 MP3-42

み 的發音〔mi〕

相似音：「瞇瞇眼」的 瞇

東京腔・慢速度・唸3次

み ▸ み ▸ み
〔mi〕〔mi〕〔mi〕

る 的發音〔ru〕

相似音：「陸地」的 陸

東京腔・慢速度・唸3次

る ▸ る ▸ る
〔ru〕〔ru〕〔ru〕

2 讀 超級像字形

み和る的〔相似筆畫〕

み和る的〔筆畫分析〕

3 寫 日本媽媽教的假名

み 的筆畫

日本媽媽的叮嚀：

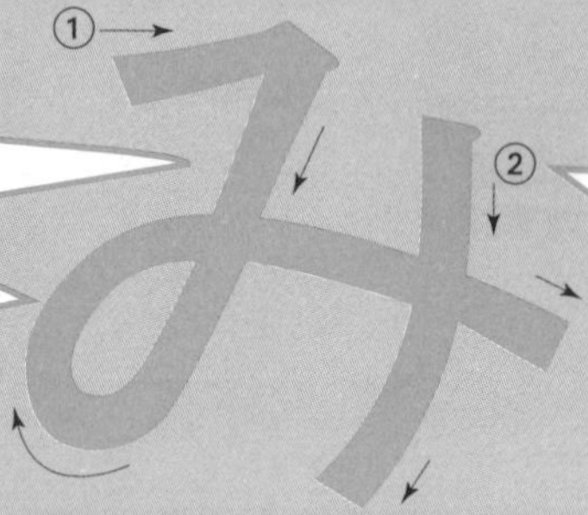

①寫法：
一筆畫寫完，
不能中斷。

②方向：
向左下方，
寫圓弧線。

み 練習寫

み	み	み	み				

る 的筆畫

日本媽媽的叮嚀：

①寫法：
一筆畫寫完，
不能中斷。

①高度：
約整個字
的**1/2**。

る 練習寫

る	る	る	る				

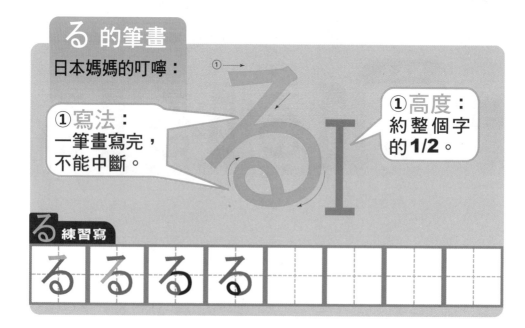

4 說 偶像劇單字 MP3-42

み 的單字

第1回	聽 慢速度	み・み (mi mi)	耳朵
第2回	再聽一次 慢速度	み・み★ (mi mi)	耳朵
第3回	聽 日劇裡的口語發音		

る 的單字

第1回	聽 慢速度	よ・る (yo ru)	晚上
第2回	再聽一次 慢速度	よ★・る (yo ru)	晚上
第3回	聽 日劇裡的口語發音		

（註）★表示「重音核」，「重音核」後面的假名音調下降。

第33字 む ★ 相似字 せ

★ 相似字一起學

む	せ
mu／ム	se／セ

拼音／片假名

1 聽 東京腔發音 MP3-43

む 的發音〔mu〕

相似音：「母親」的 母

東京腔・慢速度・唸3次　む ▶ む ▶ む
〔mu〕〔mu〕〔mu〕

せ 的發音〔se〕

相似音：「Say Hello」的 Say

東京腔・慢速度・唸3次　せ ▶ せ ▶ せ
〔se〕〔se〕〔se〕

2 讀 超級像字形

む和せ的〔相似筆畫〕

一

む和せ的〔筆畫分析〕

む 3個筆畫

筆畫1 む ▶ 筆畫2 む ▶ 接著寫 む ▶ 筆畫3 む

せ 3個筆畫

筆畫1 せ ▶ 筆畫2 せ ▶ 筆畫3 せ

3 寫 日本媽媽教的假名

む 的筆畫

日本媽媽的叮嚀：

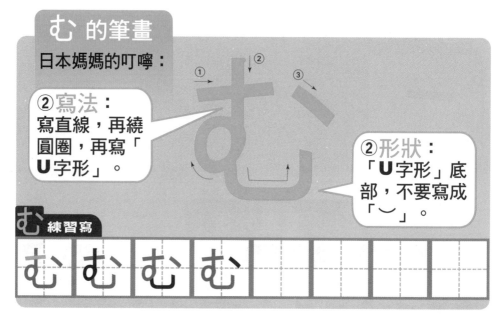

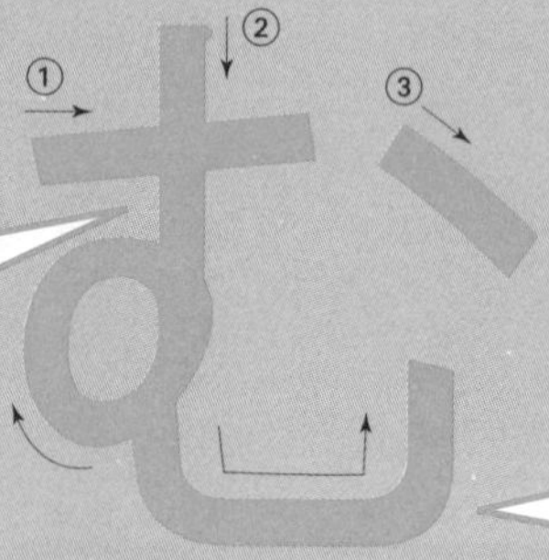

②寫法：
寫直線，再繞圓圈，再寫「U字形」。

②形狀：
「U字形」底部，不要寫成「︶」。

む 練習寫

む	む	む	む				

せ 的筆畫

日本媽媽的叮嚀：

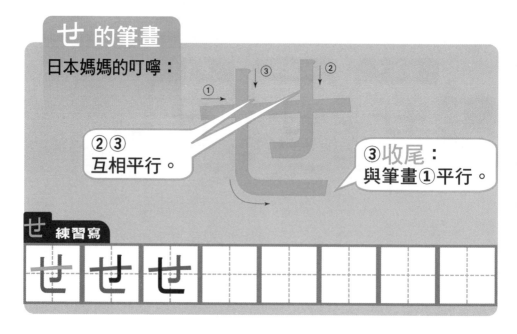

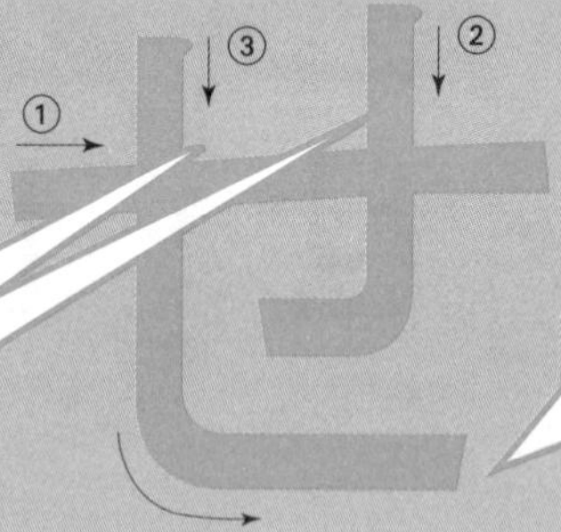

②③
互相平行。

③收尾：
與筆畫①平行。

せ 練習寫

せ	せ	せ					

4 說 偶像劇單字 MP3-43

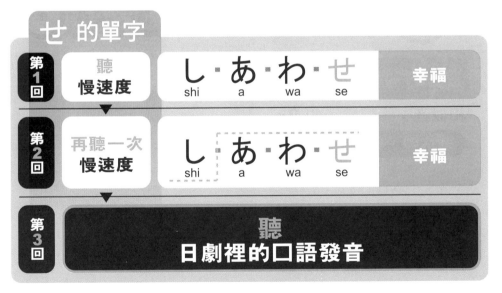

む 的單字

第1回	聽 慢速度	む・す・め (mu su me)	女兒
第2回	再聽一次 慢速度	む・す・め★ (mu su me)	女兒
第3回	聽 日劇裡的口語發音		

せ 的單字

第1回	聽 慢速度	し・あ・わ・せ (shi a wa se)	幸福
第2回	再聽一次 慢速度	し・あ・わ・せ (shi a wa se)	幸福
第3回	聽 日劇裡的口語發音		

（註）★表示「重音核」，「重音核」後面的假名音調下降。

第34字 め ★ 相似字 ぬ

★ 相似字一起學

め　ぬ

拼音/片假名

me / メ　nu / ヌ

1 聽 東京腔發音 MP3-44

め 的發音〔me〕

相似音：「阿妹」的 妹

東京腔・慢速度・唸3次

め ▶ め ▶ め
〔me〕〔me〕〔me〕

ぬ 的發音〔nu〕

相似音：「奴隸」的 奴

東京腔・慢速度・唸3次

ぬ ▶ ぬ ▶ ぬ
〔nu〕〔nu〕〔nu〕

2 讀 超級像字形

め和ぬ的〔相似筆畫〕

め ＝ 丶 ＋ の

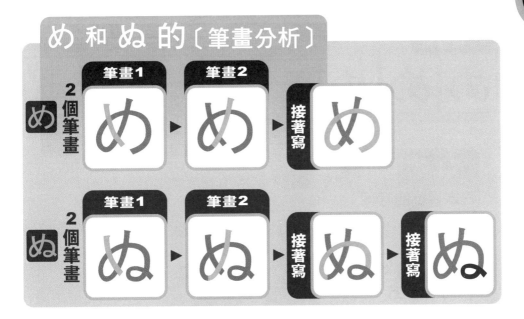

め和ぬ的〔筆畫分析〕

め 2個筆畫

筆畫1 め ▸ 筆畫2 め ▸ 接著寫 め

ぬ 2個筆畫

筆畫1 ぬ ▸ 筆畫2 ぬ ▸ 接著寫 ぬ ▸ 接著寫 ぬ

3 寫 日本媽媽教的假名

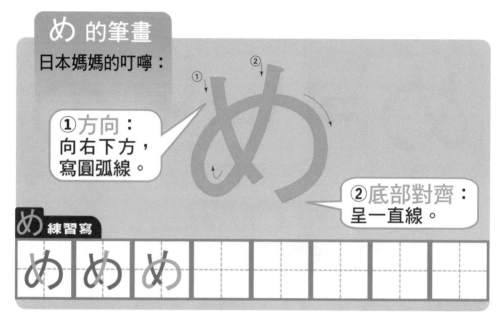

め 的筆畫

日本媽媽的叮嚀：

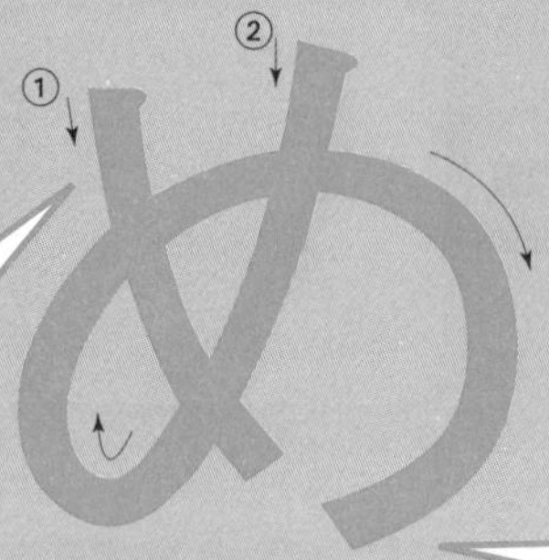

①方向：向右下方，寫圓弧線。

②底部對齊：呈一直線。

め 練習寫

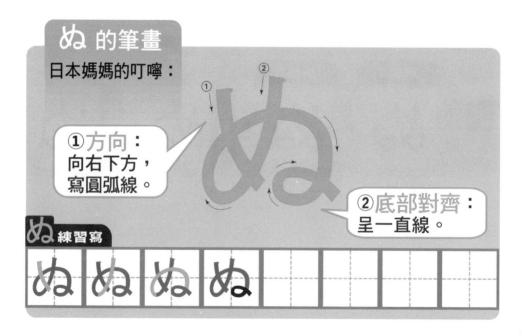

ぬ 的筆畫

日本媽媽的叮嚀：

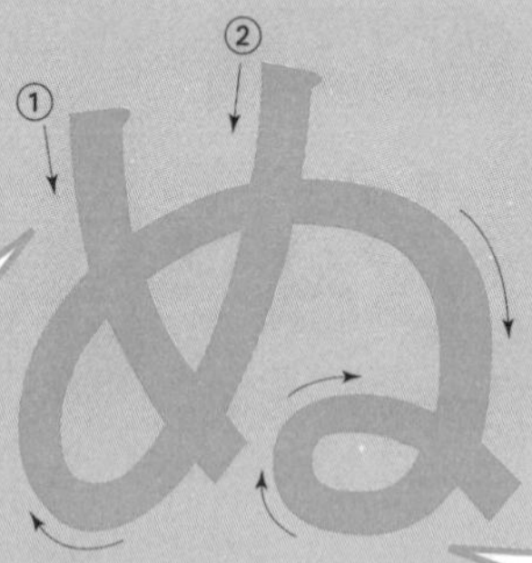

①方向：向右下方，寫圓弧線。

②底部對齊：呈一直線。

ぬ 練習寫

4 說 偶像劇單字 MP3-44

め 的單字

第1回	聽 慢速度	め・ず・ら・し・い (me zu ra shi i)	珍貴的
第2回	再聽一次 慢速度	め・ず・ら・し★・い (me zu ra shi i)	珍貴的
第3回	聽 日劇裡的口語發音		

ぬ 的單字

第1回	聽 慢速度	ぬ・い・ぐ・る・み (nu i gu ru mi)	布娃娃
第2回	再聽一次 慢速度	ぬ・い・ぐ・る・み (nu i gu ru mi)	布娃娃
第3回	聽 日劇裡的口語發音		

（註）「ず」（zu）是「す」（su）的「濁音」。
（註）「ぐ」（gu）是「く」（ku）的「濁音」。
（註）★表示「重音核」，「重音核」後面的假名音調下降。

第35字 も ★ 相似字 し

★ 相似字一起學

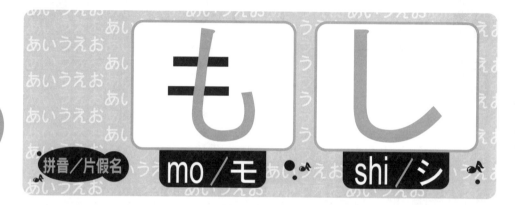

も　し

拼音／片假名　mo／モ　shi／シ

1 聽 東京腔發音 MP3-45

も 的發音〔mo〕

相似音：「某天」的 某

東京腔・慢速度・唸3次　も ▸ も ▸ も
〔mo〕〔mo〕〔mo〕

し 的發音〔shi〕

相似音：「吸管」的 吸

東京腔・慢速度・唸3次　し ▸ し ▸ し
〔shi〕〔shi〕〔shi〕

2 讀 超級像字形

も和し的〔相似筆畫〕

し

も和し的〔筆畫分析〕

も 3個筆畫

筆畫1	筆畫2	筆畫3
も	も	も

し 1個筆畫

筆畫1
し

3 寫 日本媽媽教的假名

も 的筆畫

日本媽媽的叮嚀：

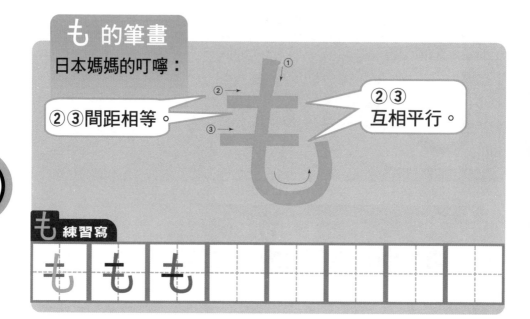

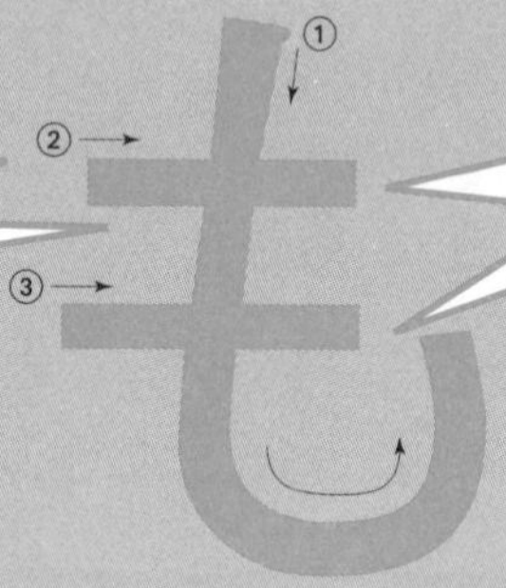

②③間距相等。

②③
互相平行。

も 練習寫

も も も

し 的筆畫

日本媽媽的叮嚀：

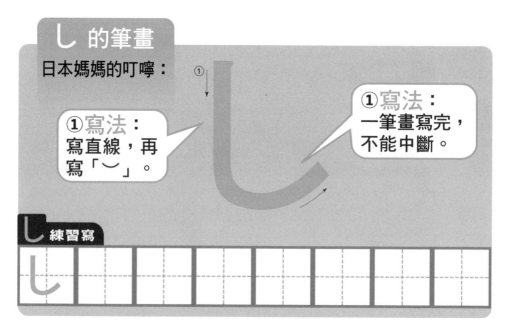

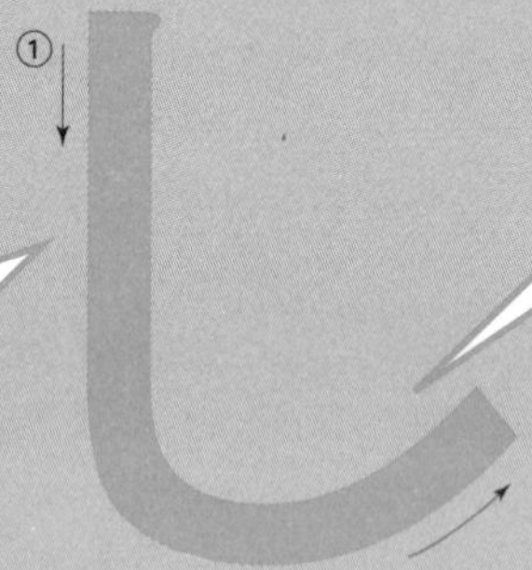

①寫法：
寫直線，再
寫「︶」。

①寫法：
一筆畫寫完，
不能中斷。

し 練習寫

し

4 說 偶像劇單字 MP3-45

も 的單字

第1回	聽 慢速度	も‧う‧い‧ち‧ど (mo u i chi do)	再一次
第2回	再聽一次 慢速度	も‧う‧い‧ち‧ど (mo u i chi do)	再一次
第3回	聽 日劇裡的口語發音		

し 的單字

第1回	聽 慢速度	や‧さ‧し‧い (ya sa shi i)	溫柔的
第2回	再聽一次 慢速度	や‧さ‧し★‧い (ya sa shi i)	溫柔的
第3回	聽 日劇裡的口語發音		

（註）「ど」（do）是「と」（to）的「濁音」。

（註）★表示「重音核」，「重音核」後面的假名音調下降。

第36字 や ★ 相似字 つ

★ 相似字一起學

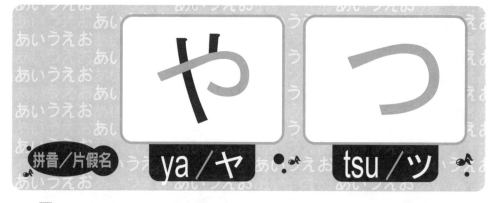

や	つ
拼音／片假名 ya／ヤ	tsu／ツ

1 聽 東京腔發音 MP3-46

や的發音〔ya〕

相似音：「鴨子」的 鴨

東京腔・慢速度・唸3次 や ▸ や ▸ や
〔ya〕 〔ya〕 〔ya〕

つ的發音〔tsu〕

相似音：「資料」的 資

東京腔・慢速度・唸3次 つ ▸ つ ▸ つ
〔tsu〕 〔tsu〕 〔tsu〕

2 讀 超級像字形

や和つ的〔相似筆畫〕

つ

や和つ的〔筆畫分析〕

や 3個筆畫

筆畫1	筆畫2	筆畫3
や	や	や

つ 1個筆畫

筆畫1
つ

3 寫 日本媽媽教的假名

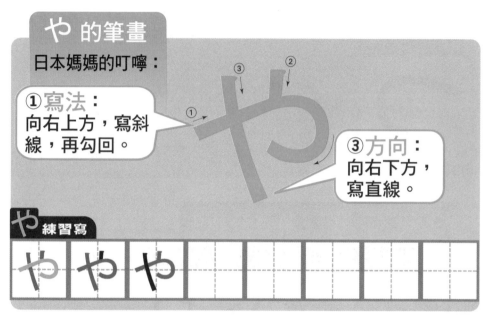

や 的筆畫

日本媽媽的叮嚀：

①寫法：
向右上方，寫斜線，再勾回。

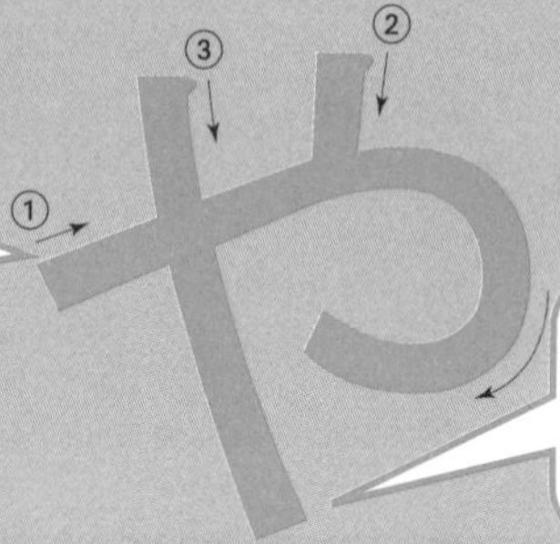

③方向：
向右下方，寫直線。

や 練習寫

や や や

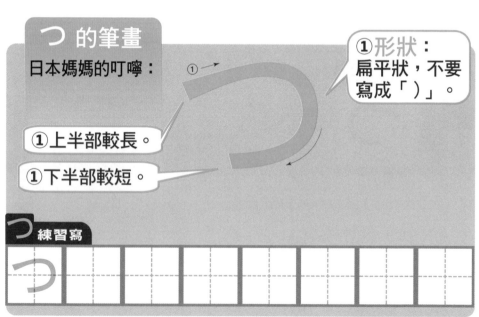

つ 的筆畫

日本媽媽的叮嚀：

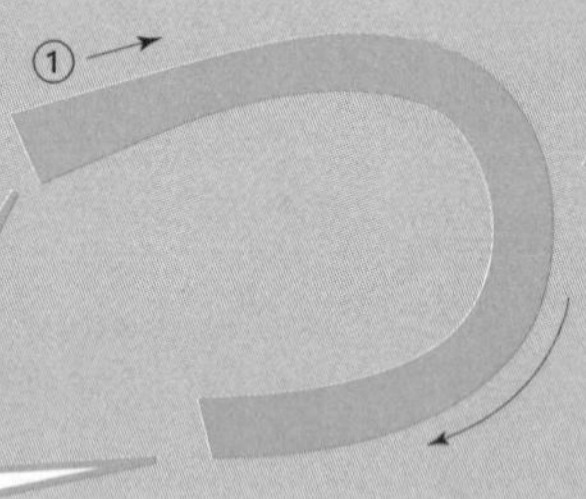

①形狀：
扁平狀，不要寫成「）」。

①上半部較長。

①下半部較短。

つ 練習寫

つ

4 說 偶像劇單字 MP3-46

や 的單字

第1回	聽 慢速度	や・っぱ・り ya ppa ri	果然
第2回	再聽一次 慢速度	や・っぱ★・り ya ppa ri	果然
第3回	聽 日劇裡的口語發音		

つ 的單字

第1回	聽 慢速度	つ・め・た・い tsu me ta i	冰涼的
第2回	再聽一次 慢速度	つ・め・た★・い tsu me ta i	冰涼的
第3回	聽 日劇裡的口語發音		

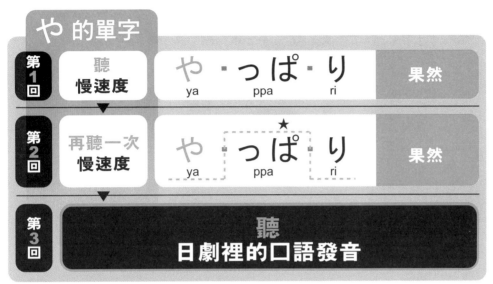

（註）較小的「つ」是日語的「促音」，不發音，要稍微停一下。
（註）「ぱ」（pa）是「は」（ha）的「半濁音」。
（註）★表示「重音核」，「重音核」後面的假名音調下降。

第38字 ゆ ★ 相似字 り

★ 相似字一起學

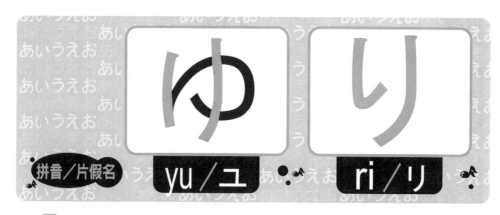

ゆ　り

拼音／片假名　yu／ユ　ri／リ

1 聽 東京腔發音 MP3-47

ゆ的發音〔yu〕

相似音：「UFO」的 U

東京腔・慢速度・唸3次　ゆ ▶ ゆ ▶ ゆ
〔yu〕〔yu〕〔yu〕

り的發音〔ri〕

相似音：「力量」的 力

東京腔・慢速度・唸3次　り ▶ り ▶ り
〔ri〕〔ri〕〔ri〕

2 讀 超級像字形

ゆ和り的〔相似筆畫〕

ゆ和り的〔筆畫分析〕

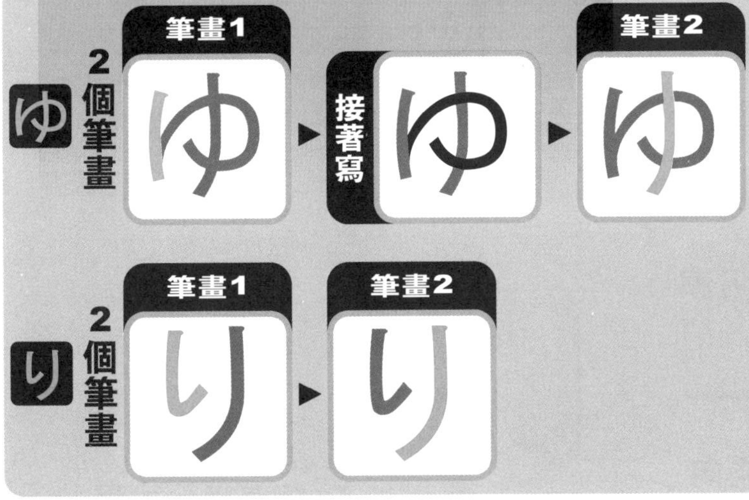

3 寫 日本媽媽教的假名

ゆ 的筆畫

日本媽媽的叮嚀：

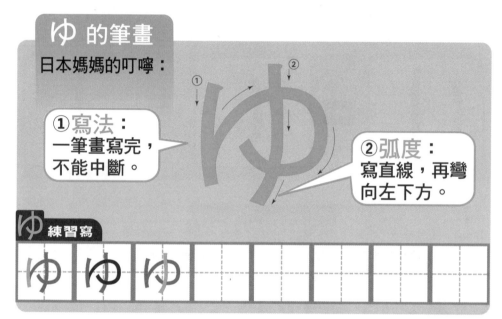

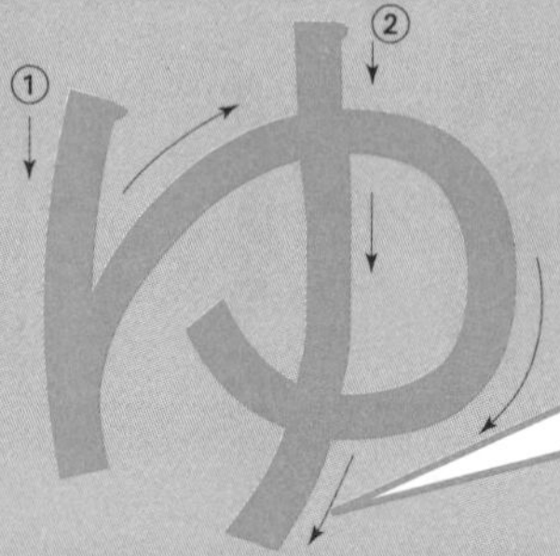

①寫法：
一筆畫寫完，
不能中斷。

②弧度：
寫直線，再彎
向左下方。

ゆ 練習寫

り 的筆畫

日本媽媽的叮嚀：

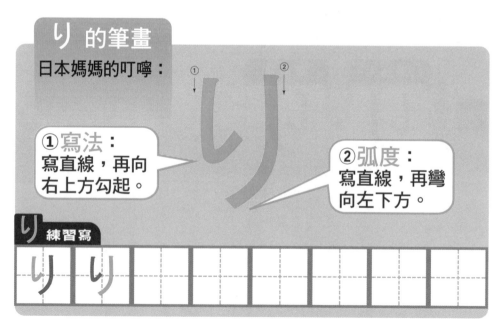

①寫法：
寫直線，再向
右上方勾起。

②弧度：
寫直線，再彎
向左下方。

り 練習寫

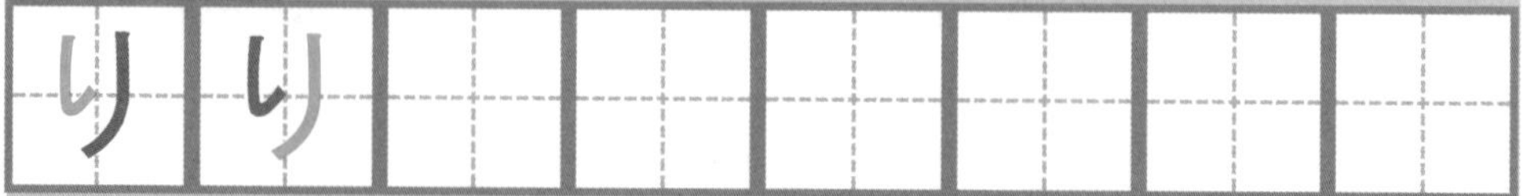

4 說 偶像劇單字 MP3-47

ゆ 的單字

第1回	聽 慢速度	ゆ・き (yu ki)	雪
第2回	再聽一次 慢速度	ゆ・き★ (yu ki)	雪
第3回	聽 日劇裡的口語發音		

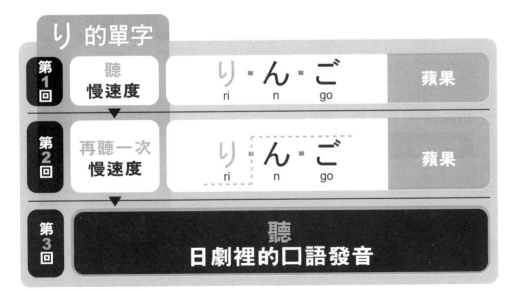

り 的單字

第1回	聽 慢速度	り・ん・ご (ri n go)	蘋果
第2回	再聽一次 慢速度	り・ん・ご (ri n go)	蘋果
第3回	聽 日劇裡的口語發音		

（註）「ご」（go）是「こ」（ko）的「濁音」。
（註）★表示「重音核」，「重音核」後面的假名音調下降。

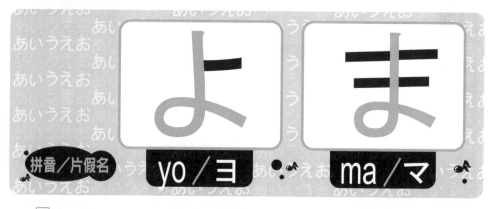

第40字よ★相似字ま

相似字一起學

よ	ま
yo／ヨ	ma／マ

拼音／片假名

1 聽 東京腔發音 MP3-48

よ 的發音〔yo〕

相似音：「優秀」的 優

東京腔・慢速度・唸3次 よ ▶ よ ▶ よ
〔yo〕〔yo〕〔yo〕

ま 的發音〔ma〕

相似音：「媽媽」的 媽

東京腔・慢速度・唸3次 ま ▶ ま ▶ ま
〔ma〕〔ma〕〔ma〕

2 讀 超級像字形

よ和ま的〔相似筆畫〕

よ和ま的〔筆畫分析〕

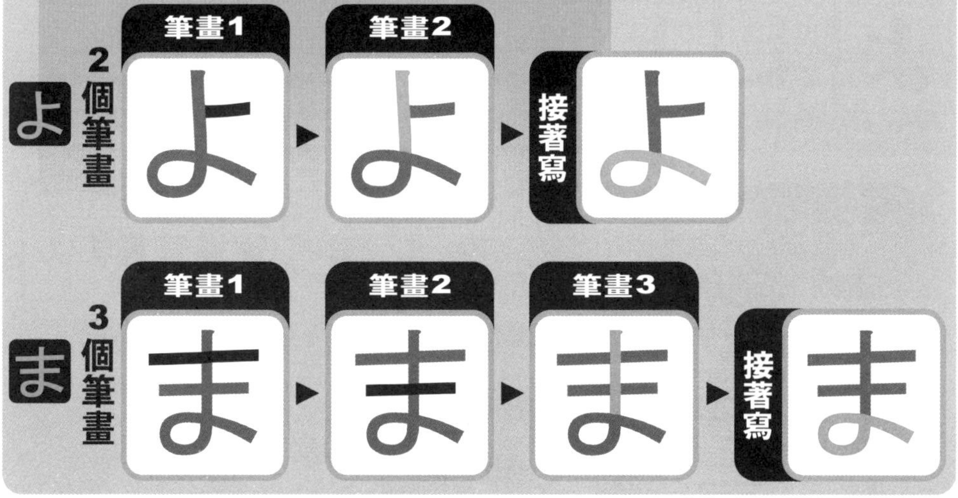

3 寫 日本媽媽教的假名

よ 的筆畫

日本媽媽的叮嚀：

②間距相等。

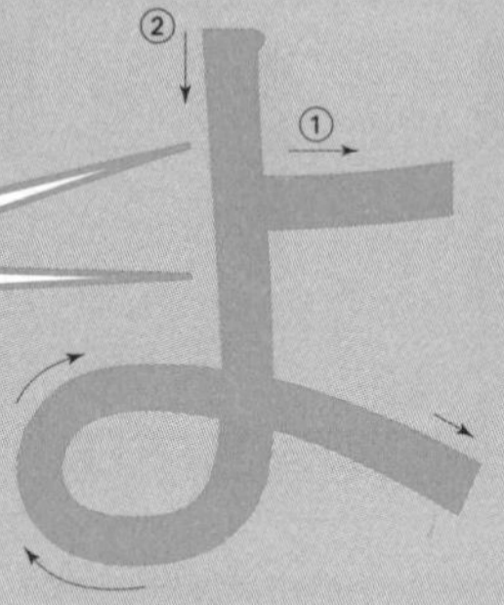

②收尾：
對齊筆畫①
右側。

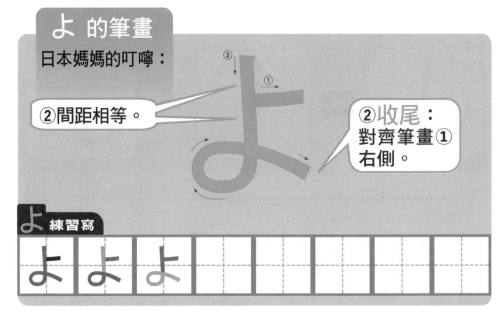

よ 練習寫

よ よ よ

ま 的筆畫

日本媽媽的叮嚀：

①較長。

②較短。

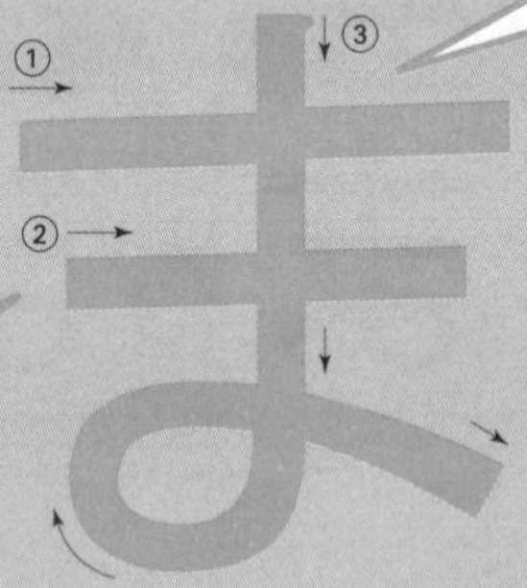

③寫法：
穿過筆畫①②
的中心。

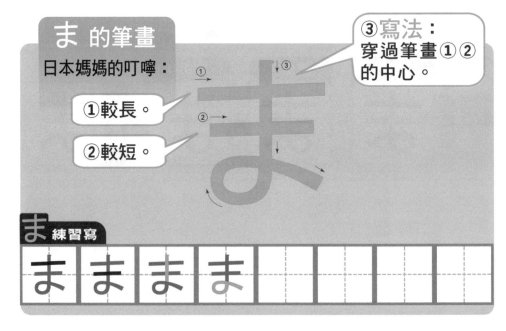

ま 練習寫

ま ま ま ま

4 說 偶像劇單字 MP3-48

よ 的單字

第1回	聽 慢速度	よ・み・せ (yo mi se)	夜市
第2回	再聽一次 慢速度	よ・み・せ (yo mi se)	夜市
第3回	聽 日劇裡的口語發音		

ま 的單字

第1回	聽 慢速度	ま・ん・が (ma n ga)	漫畫
第2回	再聽一次 慢速度	ま・ん・が (ma n ga)	漫畫
第3回	聽 日劇裡的口語發音		

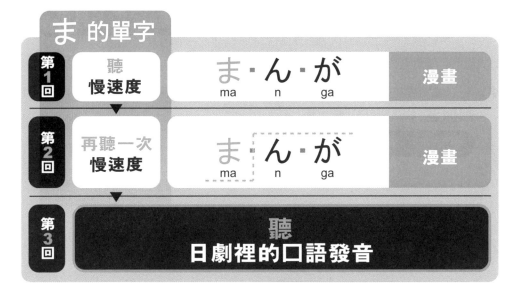

（註）「が」（ga）是「か」（ka）的「濁音」。

（註）★表示「重音核」，「重音核」後面的假名音調下降。

第41字 ら ★ 相似字 ち

★ 相似字一起學

ら ち

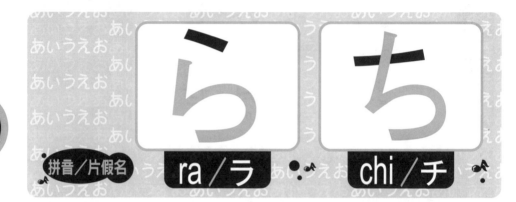

拼音／片假名 ra／ラ chi／チ

1 聽 東京腔發音 MP3-49

ら 的發音〔ra〕

相似音：「啦啦隊」的 啦

東京腔・慢速度・唸3次

ら ▸ ら ▸ ら
〔ra〕 〔ra〕 〔ra〕

ち 的發音〔chi〕

相似音：「欺騙」的 欺

東京腔・慢速度・唸3次

ち ▸ ち ▸ ち
〔chi〕 〔chi〕 〔chi〕

2 讀 超級像字形

ら和ち的〔相似筆畫〕

ら＝ノ＋っ

ら和ち的〔筆畫分析〕

ら 2個筆畫

筆畫1 ら ▶ 筆畫2 ら ▶ 接著寫 ら

ち 2個筆畫

筆畫1 ち ▶ 筆畫2 ち ▶ 接著寫 ち

3 寫 日本媽媽教的假名

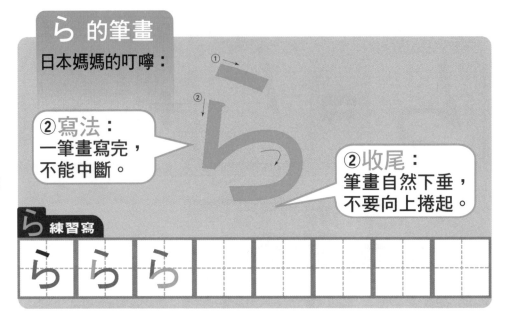

ら 的筆畫

日本媽媽的叮嚀：

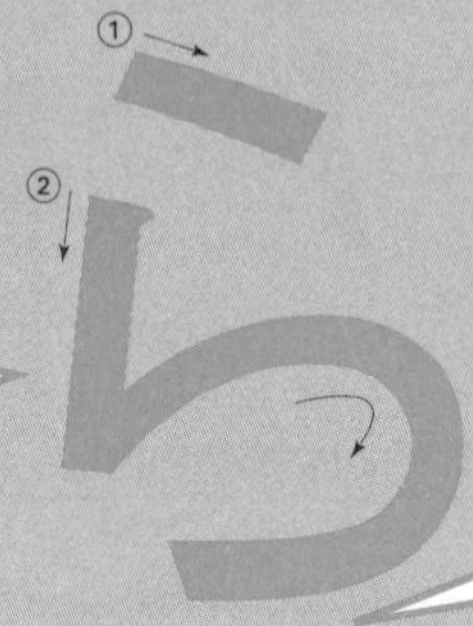

②寫法：
一筆畫寫完，
不能中斷。

②收尾：
筆畫自然下垂，
不要向上捲起。

ら 練習寫

ら	ら	ら					

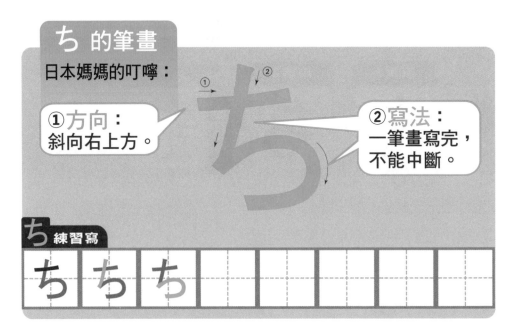

ち 的筆畫

日本媽媽的叮嚀：

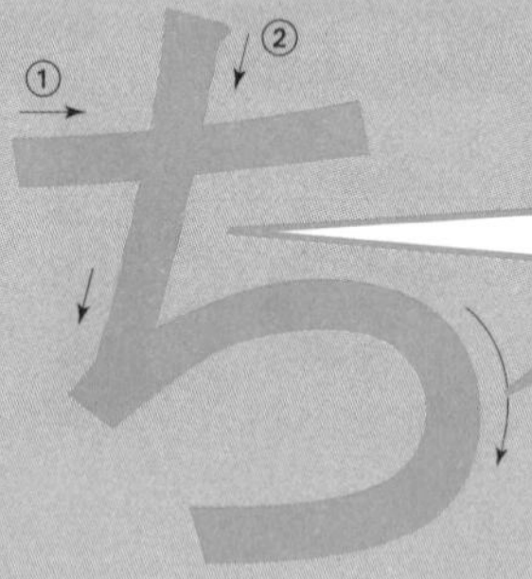

①方向：
斜向右上方。

②寫法：
一筆畫寫完，
不能中斷。

ち 練習寫

ち	ち	ち					

4 說 偶像劇單字 MP3-49

ら 的單字

第1回	聽 慢速度	ら・っぱ (ra ppa)	喇叭
第2回	再聽一次 慢速度	ら・っぱ (ra ppa)	喇叭
第3回	聽 日劇裡的口語發音		

ち 的單字

第1回	聽 慢速度	お・ちゃ (o cha)	茶
第2回	再聽一次 慢速度	お・ちゃ (o cha)	茶
第3回	聽 日劇裡的口語發音		

（註）較小的「つ」是日語的「促音」，不發音，要稍微停一下。
（註）「ぱ」（pa）是「は」（ha）的「半濁音」。
（註）「ちゃ」是「ち」和「や」形成的「拗音」。
（註）★表示「重音核」，「重音核」後面的假名音調下降。

第42字 り ★ 相似字 ゆ

★ 相似字一起學

り
ゆ

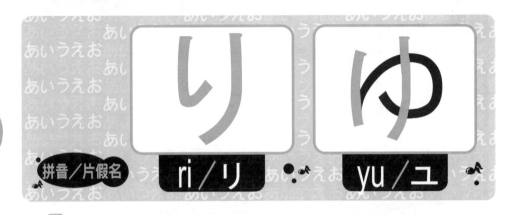

拼音／片假名
ri／リ
yu／ユ

1 聽 東京腔發音 MP3-50

り 的發音〔ri〕

相似音：「力量」的 力

東京腔・慢速度・唸3次

り ▶ り ▶ り
〔ri〕 〔ri〕 〔ri〕

ゆ 的發音〔yu〕

相似音：「UFO」的 U

東京腔・慢速度・唸3次

ゆ ▶ ゆ ▶ ゆ
〔yu〕 〔yu〕 〔yu〕

2 讀 超級像字形

り和ゆ的〔相似筆畫〕

り和ゆ的〔筆畫分析〕

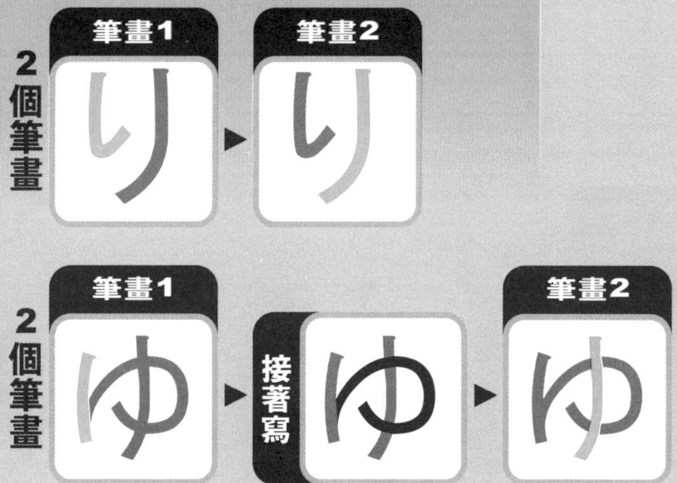

3 寫 日本媽媽教的假名

り 的筆畫

日本媽媽的叮嚀：

①寫法：
寫直線，再向
右上方勾起。

②弧度：
寫直線，再彎
向左下方。

り 練習寫

り り

ゆ 的筆畫

日本媽媽的叮嚀：

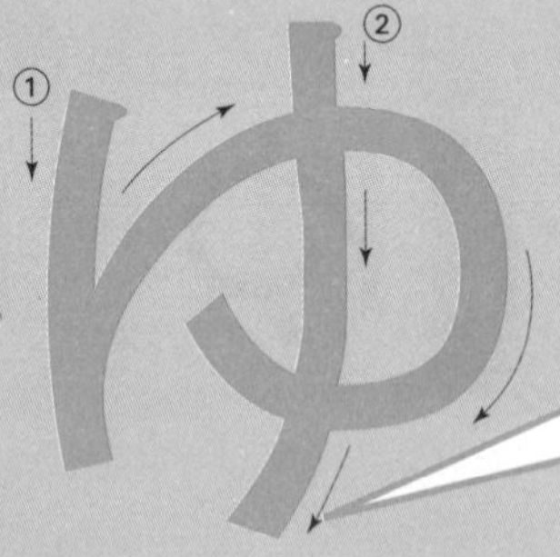

①寫法：
一筆畫寫完，
不能中斷。

②弧度：
寫直線，再彎
向左下方。

ゆ 練習寫

ゆ ゆ ゆ

4 說 偶像劇單字 MP3-50

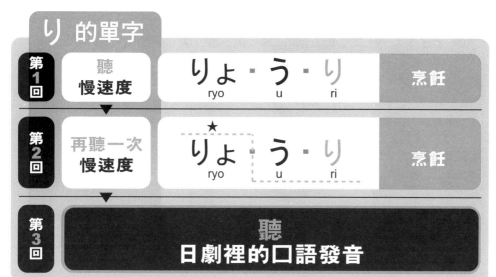

り 的單字

第1回	聽 慢速度	りょ・う・り (ryo u ri)	烹飪
第2回	再聽一次 慢速度	★ りょ・う・り (ryo u ri)	烹飪
第3回	聽 日劇裡的口語發音		

ゆ 的單字

第1回	聽 慢速度	ゆ・り (yu ri)	百合
第2回	再聽一次 慢速度	ゆ・り (yu ri)	百合
第3回	聽 日劇裡的口語發音		

（註）「りょ」是「り」和「よ」形成的「拗音」。

（註）★表示「重音核」，「重音核」後面的假名音調下降。

第43字る★相似字ろ

相似字一起學

	る	ろ
拼音／片假名	ru／ル	ro／ロ

1 聽 東京腔發音 MP3-51

る的發音〔ru〕

相似音：「陸地」的 陸

東京腔・慢速度・唸3次 る ▸ る ▸ る
〔ru〕〔ru〕〔ru〕

ろ的發音〔ro〕

相似音：「哈囉」的 囉

東京腔・慢速度・唸3次 ろ ▸ ろ ▸ ろ
〔ro〕〔ro〕〔ro〕

2 讀 超級像字形

る和ろ的〔相似筆畫〕

る和ろ的〔筆畫分析〕

3 寫 日本媽媽教的假名

る 的筆畫

日本媽媽的叮嚀：

①寫法：
一筆畫寫完，
不能中斷。

①高度：
約整個字的**1/2**。

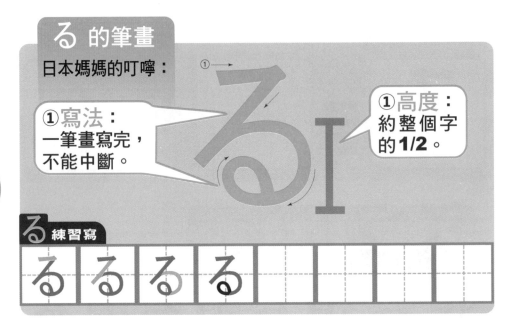

る 練習寫

るるるる

ろ 的筆畫

日本媽媽的叮嚀：

①寫法：
一筆畫寫完，
不能中斷。

①收尾：
筆畫自然下垂，不要向上捲起。

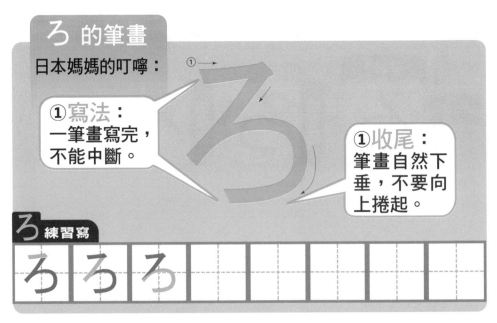

ろ 練習寫

ろろろ

4 說 偶像劇單字 MP3-51

る的單字

第1回	聽 慢速度	ふ・る・い (fu ru i)	舊的
第2回	再聽一次 慢速度	ふ る★ い (fu ru i)	舊的
第3回	聽 日劇裡的口語發音		

ろ的單字

第1回	聽 慢速度	ひ・ろ・い (hi ro i)	寬廣的
第2回	再聽一次 慢速度	ひ ろ★ い (hi ro i)	寬廣的
第3回	聽 日劇裡的口語發音		

（註）★表示「重音核」，「重音核」後面的假名音調下降。

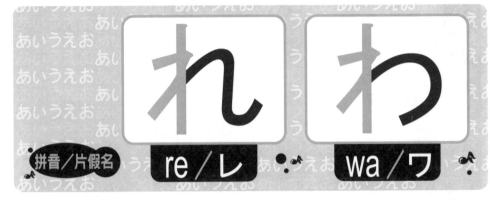

第44字 れ ★ 相似字 わ

★ 相似字一起學

れ	わ
re／レ	wa／ワ

拼音／片假名

1 聽 東京腔發音 MP3-52

れ 的發音〔re〕

相似音：「勒住」的 勒

東京腔・慢速度・唸3次 れ ▶ れ ▶ れ
〔re〕〔re〕〔re〕

わ 的發音〔wa〕

相似音：「哇哇叫」的 哇

東京腔・慢速度・唸3次 わ ▶ わ ▶ わ
〔wa〕〔wa〕〔wa〕

2 讀 超級像字形

れ和わ的〔相似筆畫〕

オ ＝ ｜ ＋ フ

れ和わ的〔筆畫分析〕

れ 2個筆畫

筆畫1 れ ▸ 筆畫2 れ ▸ 接著寫 れ ▸ 接著寫 れ

わ 2個筆畫

筆畫1 わ ▸ 筆畫2 わ ▸ 接著寫 わ ▸ 接著寫 わ

3 寫 日本媽媽教的假名

れ 的筆畫

日本媽媽的叮嚀：

②左半部：
從筆畫①上方**1/3**的地方開始寫。

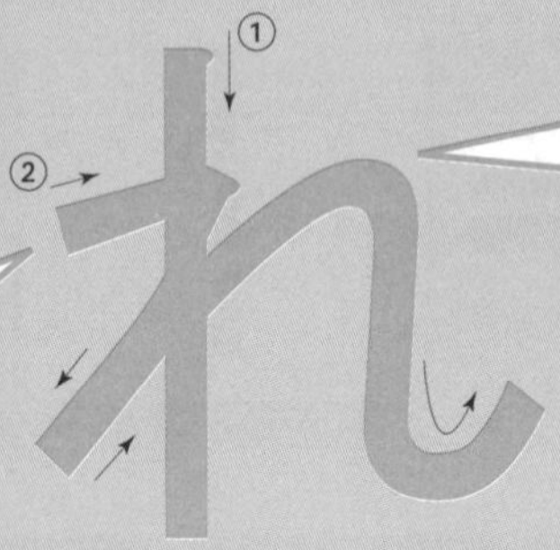

②右半部：
與左半部筆畫同高。

れ 練習寫

れ	れ	れ	れ				

わ 的筆畫

日本媽媽的叮嚀：

②左半部：
從筆畫①上方**1/3**的地方開始寫。

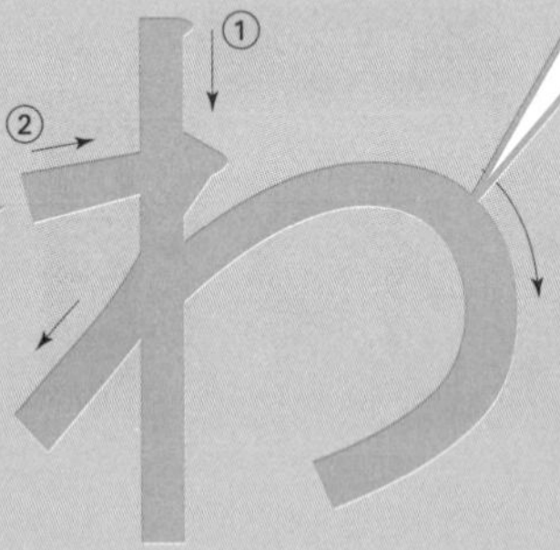

②右半部：
與左半部筆畫同高。

わ 練習寫

わ	わ	わ	わ				

4 說 偶像劇單字 MP3-52

れ 的單字

第1回	聽 慢速度	き・れ・い (ki re i)	漂亮的
第2回	再聽一次 慢速度	★き・れ・い (ki re i)	漂亮的
第3回	聽 日劇裡的口語發音		

わ 的單字

第1回	聽 慢速度	わ・る・い (wa ru i)	壞的
第2回	再聽一次 慢速度	わ・★る・い (wa ru i)	壞的
第3回	聽 日劇裡的口語發音		

（註）★表示「重音核」，「重音核」後面的假名音調下降。

第45字ろ★相似字る

★相似字一起學

ろ　る

拼音／片假名　ro／ロ　ru／ル

1 聽 東京腔發音　MP3-53

ろ的發音〔ro〕

相似音：「哈囉」的 囉

東京腔・慢速度・唸3次　ろ ▸ ろ ▸ ろ
〔ro〕〔ro〕〔ro〕

る的發音〔ru〕

相似音：「陸地」的 陸

東京腔・慢速度・唸3次　る ▸ る ▸ る
〔ru〕〔ru〕〔ru〕

2 讀 超級像字形

ろ和る的〔相似筆畫〕

ろ和る的〔筆畫分析〕

3 寫 日本媽媽教的假名

ろ 的筆畫

日本媽媽的叮嚀：

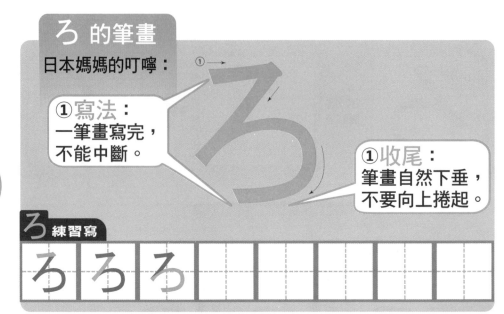

①寫法：
一筆畫寫完，
不能中斷。

①收尾：
筆畫自然下垂，
不要向上捲起。

ろ 練習寫

ろ ろ ろ

る 的筆畫

日本媽媽的叮嚀：

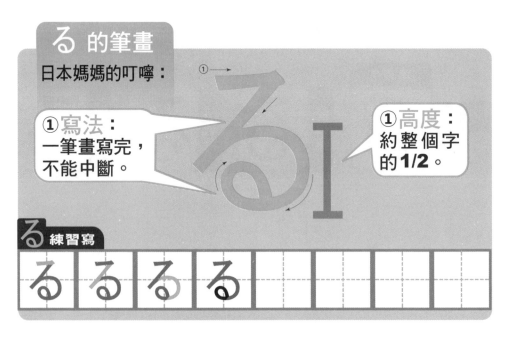

①寫法：
一筆畫寫完，
不能中斷。

①高度：
約整個字
的**1/2**。

る 練習寫

る る る る

4 說 偶像劇單字 MP3-53

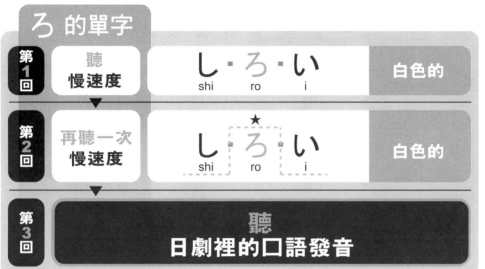

ろ 的單字

第1回	聽 慢速度	し・ろ・い (shi ro i)	白色的
第2回	再聽一次 慢速度	し・ろ★・い (shi ro i)	白色的
第3回	聽 日劇裡的口語發音		

る 的單字

第1回	聽 慢速度	は・る (ha ru)	春天
第2回	再聽一次 慢速度	は★・る (ha ru)	春天
第3回	聽 日劇裡的口語發音		

（註）★表示「重音核」，「重音核」後面的假名音調下降。

第46字 わ ★ 相似字 ね

★ 相似字一起學

わ	ね
wa／ワ	ne／ネ

拼音／片假名

1 聽 東京腔發音 MP3-54

わ 的發音〔wa〕

相似音：「哇哇叫」的 哇

東京腔・慢速度・唸3次 わ ▶ わ ▶ わ
〔wa〕 〔wa〕 〔wa〕

ね 的發音〔ne〕

相似音：「喝ㄋㄟㄋㄟ」的 ㄋㄟ

東京腔・慢速度・唸3次 ね ▶ ね ▶ ね
〔ne〕 〔ne〕 〔ne〕

2 讀 超級像字形

わ和ね的〔相似筆畫〕

わ = 丨 + ⺄

わ和ね的〔筆畫分析〕

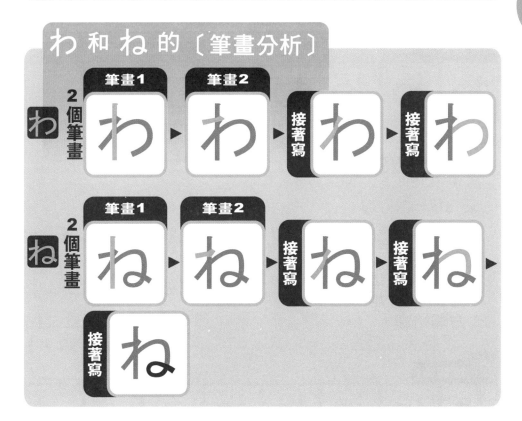

わ　2個筆畫

筆畫1 わ ▸ 筆畫2 わ ▸ 接著寫 わ ▸ 接著寫 わ

ね　2個筆畫

筆畫1 ね ▸ 筆畫2 ね ▸ 接著寫 ね ▸ 接著寫 ね ▸ 接著寫 ね

3 寫 日本媽媽教的假名

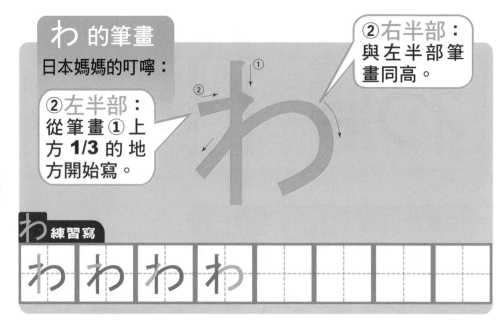

わ 的筆畫

日本媽媽的叮嚀：

②左半部：從筆畫①上方 **1/3** 的地方開始寫。

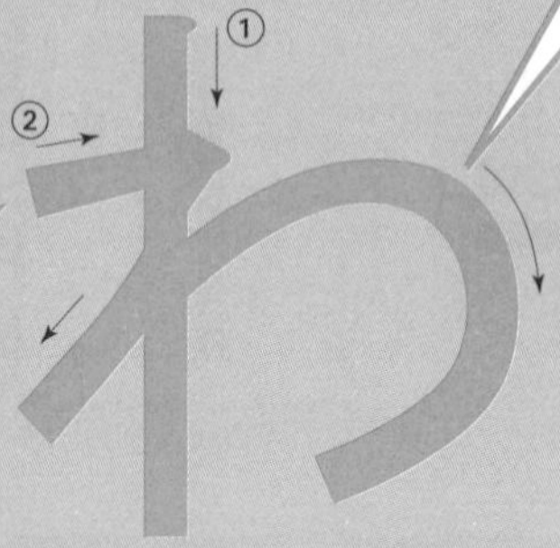

②右半部：與左半部筆畫同高。

わ 練習寫

わ わ わ わ

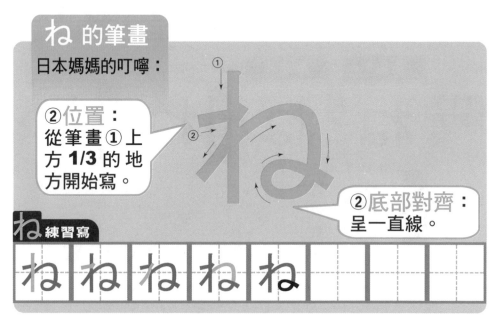

ね 的筆畫

日本媽媽的叮嚀：

②位置：從筆畫①上方 **1/3** 的地方開始寫。

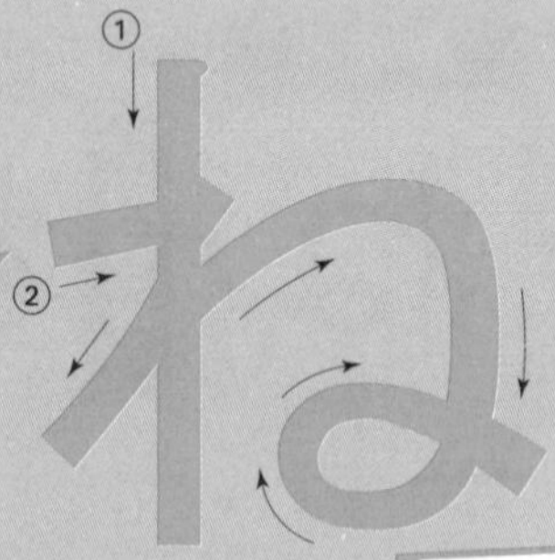

②底部對齊：呈一直線。

ね 練習寫

ね ね ね ね ね

4 說偶像劇單字 MP3-54

わ 的單字

第1回	聽 慢速度	わ・か・り・ま・す (wa ka ri ma su)	我知道
第2回	再聽一次 慢速度	わ・か・り・ま★・す (wa ka ri ma su)	我知道
第3回	聽 日劇裡的口語發音		

ね 的單字

第1回	聽 慢速度	ね・ず・み (ne zu mi)	小老鼠
第2回	再聽一次 慢速度	ね・ず・み (ne zu mi)	小老鼠
第3回	聽 日劇裡的口語發音		

（註）「ず」（zu）是「す」（su）的「濁音」。

（註）★表示「重音核」，「重音核」後面的假名音調下降。

第50字 を ★ 相似字 ち

★ 相似字一起學

を　ち

拼音／片假名

wo／ヲ　chi／チ

1 聽 東京腔發音 MP3-55

を 的發音〔wo〕

相似音：「歐洲」的 歐

東京腔・慢速度・唸3次　を ▶ を ▶ を
〔wo〕〔wo〕〔wo〕

ち 的發音〔chi〕

相似音：「欺騙」的 欺

東京腔・慢速度・唸3次　ち ▶ ち ▶ ち
〔chi〕〔chi〕〔chi〕

2 讀 超級像字形

を和ち的〔相似筆畫〕

を和ち的〔筆畫分析〕

を 3個筆畫

ち 2個筆畫

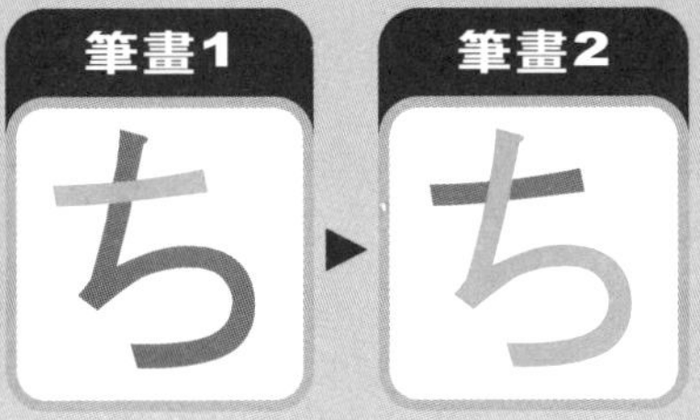

3 寫 日本媽媽教的假名

を 的筆畫

日本媽媽的叮嚀：

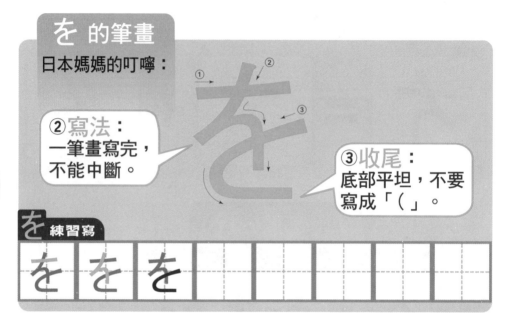

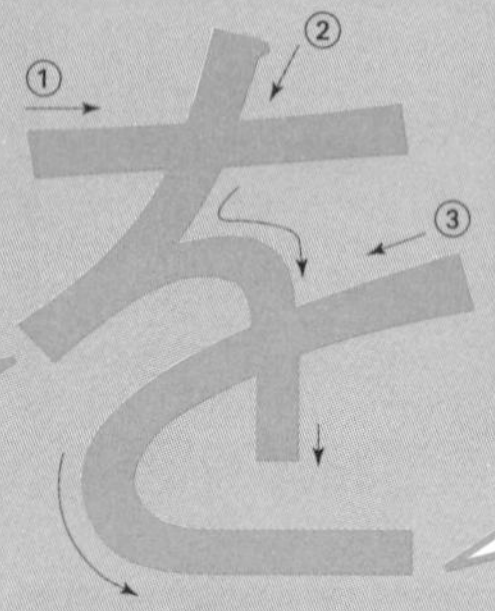

②寫法：
一筆畫寫完，
不能中斷。

③收尾：
底部平坦，不要
寫成「（ 」。

を 練習寫

を	を	を					

ち 的筆畫

日本媽媽的叮嚀：

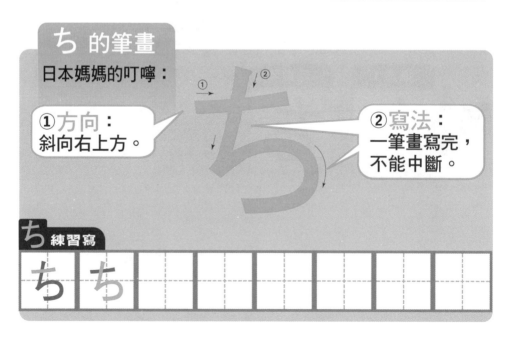

①方向：
斜向右上方。

②寫法：
一筆畫寫完，
不能中斷。

ち 練習寫

ち	ち						

4 說 偶像劇單字 MP3-55

を 的短句

第1回	聽 慢速度	え・を・か・く (e wo ka ku)	畫圖
第2回	再聽一次 慢速度	え・を・か・く (e wo ka ku)	畫圖
第3回	聽 日劇裡的口語發音		

ち 的單字

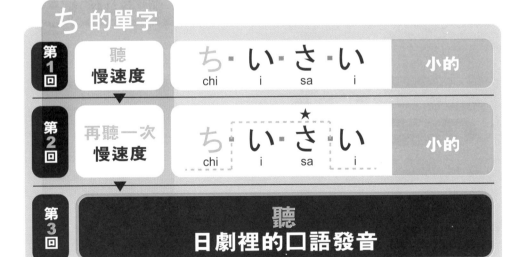

第1回	聽 慢速度	ち・い・さ・い (chi i sa i)	小的
第2回	再聽一次 慢速度	ち・い・さ★・い (chi i sa i)	小的
第3回	聽 日劇裡的口語發音		

（註）「を」僅當助詞用，無衍生單字。

（註）★表示「重音核」，「重音核」後面的假名音調下降。

第51字 ん ★ 相似字 え

★ 相似字一起學

ん え

拼音/片假名 n/ン e/エ

1 聽 東京腔發音 MP3-56

ん 的發音〔n〕

相似音：「恩惠」的 恩

東京腔・慢速度・唸3次

ん ▶ ん ▶ ん
〔n〕 〔n〕 〔n〕

え 的發音〔e〕

相似音：「A B」的 A

東京腔・慢速度・唸3次

え ▶ え ▶ え
〔e〕 〔e〕 〔e〕

2 讀 超級像字形

ん和え的〔相似筆畫〕

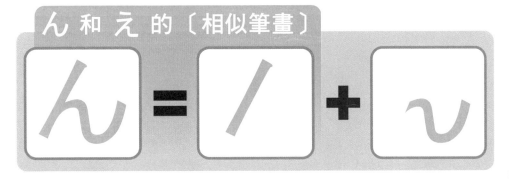

ん = ノ + ㇸ

ん和え的〔筆畫分析〕

ん 1個筆畫：筆畫1 ん ▶ 接著寫 ん

え 2個筆畫：筆畫1 え ▶ 筆畫2 え ▶ 接著寫 え ▶ 接著寫 え

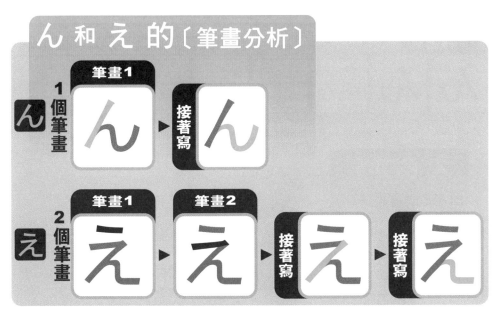

3 寫 日本媽媽教的假名

ん 的筆畫

日本媽媽的叮嚀：

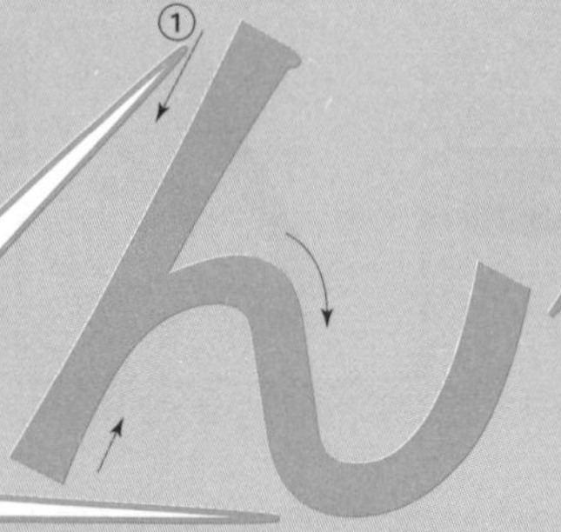

①寫法：
一筆畫寫完，
不能中斷。

①收尾：
在高度1/2的
地方停筆。

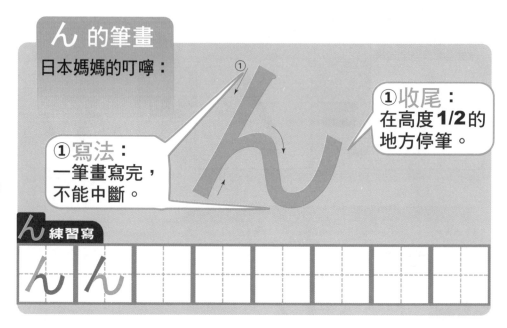

ん 練習寫

ん ん

え 的筆畫

日本媽媽的叮嚀：

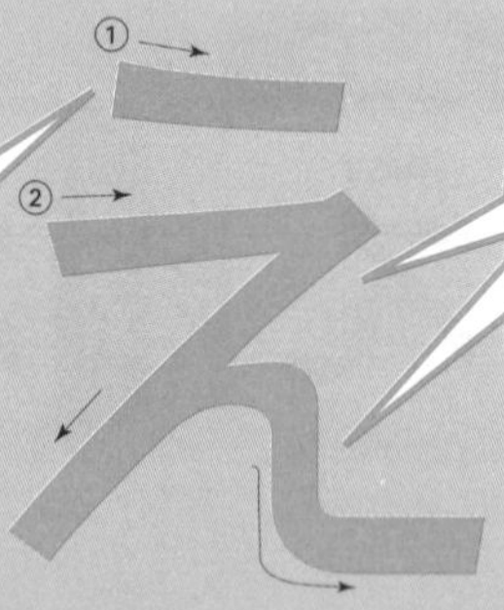

①方向：
向右下方，
寫短斜線。

②寫法：
一筆畫寫完，
不能中斷。

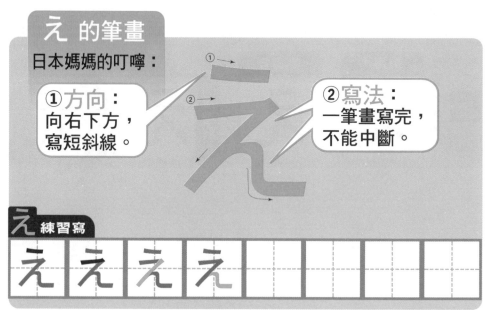

え 練習寫

え え え え

4 說 偶像劇單字 MP3-56

ん 的單字

第1回	聽 慢速度	ざ・ん・ね・ん (za n ne n)	可惜
第2回	再聽一次 慢速度	ざ・ん・ね★・ん (za n ne n)	可惜
第3回	聽 日劇裡的口語發音		

え 的單字

第1回	聽 慢速度	え・び (e bi)	蝦子
第2回	再聽一次 慢速度	え・び (e bi)	蝦子
第3回	聽 日劇裡的口語發音		

（註）「ざ」（za）是「さ」（sa）的「濁音」。
（註）「び」（bi）是「ひ」（hi）的「濁音」。
（註）★表示「重音核」，「重音核」後面的假名音調下降。

檸檬樹出版社
Lemon Tree Publishing House

赤系列 33

動感日語50音：口訣歌謠＋筆畫教學
（附 Rap 節奏 MP3）

原書名為《用聽的學50音》

初版 1 刷 2017 年 2 月 17 日

作者	檸檬樹日語教學團隊
封面設計	陳文德
責任編輯	黃甯
發行人	江媛珍
社長・總編輯	何聖心
出版者	檸檬樹國際書版有限公司 檸檬樹出版社 E-mail：lemontree@booknews.com.tw 地址：新北市235中和區中安街80號3樓 電話・傳真：02-29271121・02-29272336
會計・客服	吳芷葳
法律顧問	第一國際法律事務所 余淑杏律師 北辰著作權事務所 蕭雄淋律師
全球總經銷・印務代理	知遠文化事業有限公司
網路書城	http://www.booknews.com.tw 博訊書網 電話：02-26648800　傳真：02-26648801 地址：新北市222深坑區北深路三段155巷25號5樓
港澳地區經銷	和平圖書有限公司 電話：852-28046687　傳真：850-28046409 地址：香港柴灣嘉業街12號百樂門大廈17樓
定價	台幣250元／港幣83元
劃撥帳號	戶名：19726702・檸檬樹國際書版有限公司 ・單次購書金額未達300元，請另付40元郵資 ・信用卡・劃撥購書需7-10個工作天

版權所有・侵害必究　本書如有缺頁、破損，請寄回本社更換

動感日語50音：口訣歌謠＋筆畫教學 / 檸檬樹日語教學團隊著. -- 初版. -- 新北市：檸檬樹, 2017.02
面；　公分. --（赤系列；33）

ISBN 978-986-92774-7-1（平裝附光碟片）
1.日語 2.語音 3.假名
803.1134　　106000422

檸檬樹出版

檸檬樹出版